재명이, 알래스카를 가다

재명이, 알래스카를 가다

청소년이 만난
기본소득의 세계

FROM Seoul TO Alaska

이선배 지음

세종마루

프롤로그—비밀의 시작

✧

앵커리지 테드 스티븐스 국제공항 출국장
10월 17일 정오 12시

"총! 총을 겨누고 있어!"

한 여자의 날카로운 비명이 공항을 가르며 퍼져 나갔다. 순간, 공기가 얼어붙은 듯 모두가 굳어버렸다.

'말도 안 돼….'

재명의 심장이 터질 듯 뛰었다. 눈 앞에 펼쳐진 장면은 믿을 수 없을 만큼 충격적이었다. 알래스카 특수부대 여섯 명이 까만 총구를 겨누고 있었고, 바닥에는 세 명의 동양인 청소년이 바닥에 엎어진 채 서로를 바라보고 있었다.

"재명아! 이게 도대체 뭐야?"

지원의 목소리가 갈라졌다. 평소 8만 팔로워가 열광하던 힘차고 밝던 유튜버 목소리가 아니었다. 두려움에 잠식된 그 목소리는 낯설고 처절했다. 그의 손에서 '세계 청소년 기본소득 대회'

참가증이 힘없이 떨어졌다. 바닥 위로 굴러간 참가증에는 '미래를 바꾸는 젊은 리더들'이라는 문구가 파란 글씨로 흔들리고 있었다.

"Please! We didn't do anything wrong! (제발, 우린 아무 잘못도 없어요!)"

재명이 간신히 외쳤다. 목소리는 심하게 떨렸다. 차갑게 얼어붙은 바닥 냉기가 온몸에 스며들 듯 파고들었다. 불과 닷새 전 그들은 세상을 바꿀 수 있다고 믿었다. 오로라가 춤추는 알래스카에서 새로운 미래를 만들 수 있다고 꿈꿨다. 그런데 지금 그 희망은 산산이 부서졌다.

"한마디만 더 하면 쏜다!"

특수부대원의 외침이 콘크리트 벽에 메아리쳤다. 늘 당당하던 철희조차 움직이지 못했다. 차갑고 검은 총구가 관자놀이에 닿자, 그 어떤 말도 삼켜버린 듯 숨소리만 가쁘게 오갔다.

'이건 꿈일 거야. 그렇지? 분명 꿈일 거야.'

철희는 애써 현실을 부정했지만, 바닥의 차가움과 공항을 메운 냉기는 너무도 생생했다.

사람들이 하나둘 휴대전화를 꺼내 사진을 찍기 시작했다. 플래시가 번쩍이며 눈을 찔렀다. 그리고 누군가 손가락질하며 소리쳤다.

"저 애들, 테러리스트래!"

"테러리스트?"

지원의 머릿속도 새하얘졌다. 바로 전까지 그들은 세상에서 가장 순수한 꿈을 품고 있었다. 누구나 존엄하게 살 수 있는 세상. 돈 때문에 꿈을 포기하지 않아도 되는 미래. 그저 그걸 만들고 싶었을 뿐이었다. 그런데 지금은 수많은 카메라 앞에서 '국제 테러리스트'로 몰리고 있었다.

'찰칵'하는 소리와 함께, 수갑이 손목을 죄어왔다. 차가운 쇠의 감각이 뼛속 깊이 스며들었다. 철희는 형광등 불빛을 올려다보며 생각했다.

'우리가 정말 잘못한 걸까?'

눈앞에는 알래스카의 빛나는 오로라가 어른거렸다. 하지만 그토록 보기를 원했던 오로라는 이제 너무도 멀리, 손이 닿지 않는 곳에 있었다.

(5일 전)

인천국제공항
10월 12일 오전 9시 30분

"재명아! 여기야!"

지원의 목소리가 출국 로비에 쨍하게 울려 퍼졌다. 종달새 노랫소리처럼 맑고 경쾌했다. 알록달록한 스티커가 가득 붙은 캐리어를 끌고 서 있는 지원의 얼굴은 5년을 기다려온 설렘과 기대감으로 환하게 빛났다.

"드디어, 드디어 가는구나, 알래스카!"

재명이가 중얼거렸다. 초등학교 5학년 때, 교과서 속 오로라 사진에 마음을 빼앗긴 이후 이 순간만을 손꼽아 기다려왔다. 그땐 단순히 초록빛 커튼 같은 신비한 하늘을 보고 싶었을 뿐이었다. 하지만 지금은 달랐다. 그 빛을 바라보며, 정말 세상을 바꿀 수 있을지도 모른다는 희망으로 가슴이 뜨겁게 뛰었다.

"야, 너희 표정 좀 봐라. 모르는 사람들이 보면 노벨 평화상이라도 받으러 가는 줄 알겠다, 흐흐."

철희가 장난스럽게 말했다. 평소처럼 잘난 척하는 말투였지만, 친구들은 대수롭지 않게 웃어넘겼다. 세 명은 공항 한가운데서 서로의 얼굴을 보며 활짝 웃었다. 그 웃음에는 지난 5년 동안의 기다림이 고스란히 담겨 있었다.

그러나 그들은 아직 알지 못했다. 단 120시간 뒤, 차가운 수갑이 손목을 죄어올 거라는 사실을. 그 짧은 시간 동안 밝혀질 진실이 전 세계를 흔들 비밀이 될 거라는 것도. 무엇보다 그들의 순수한 꿈이 어떤 이들에겐 반드시 꺾어야 할 '위협'으로 여겨질 거라곤 상상조차 하지 못했다. 도대체 무엇이 평범한 고등학생들을 '국제 테러리스트'로 몰아넣게 된 걸까?

Contents

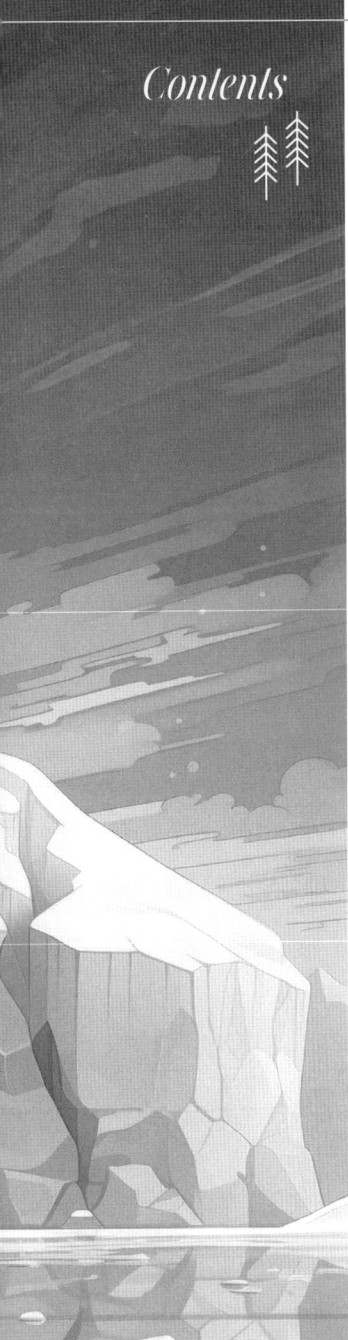

프롤로그 ― 비밀의 시작 ✧ 004

1   의문의 후원자 ✧ 010
2   보이콧 폭풍 ✧ 017
3   새로운 벽 ✧ 030
4   드러난 음모 ✧ 041
5   알래스카의 첫 만남 ✧ 052
6   중국 대표의 두 얼굴 ✧ 064
7   혼돈 속의 공항 ✧ 075
8   알래스카의 빛과 그림자 ✧ 089
9   개회식과 기본소득의 현실 ✧ 108
10   에이노의 고백 ✧ 125
11   철희의 진심 ✧ 139
12   72시간의 압박 ✧ 151
13   테러의 위협 ✧ 164
14   분열과 갈등 ✧ 175
15   오로라의 계시 ✧ 189
16   에이노의 양심선언 ✧ 201
17   데이비드의 전화 ✧ 213
18   진실이 만든 기적 ✧ 221
19   세계시민 기본소득 선언문 ✧ 236

에필로그 ✧ 256
작가의 말 ✧ 260

1
의문의 후원자

인천국제공항 출발 로비
10월 12일 오전 10시

"조심해라. 모든 게 계획대로다."

재명이는 휴대전화 화면에 뜬 짧은 글자를 뚫어지게 바라봤다. 발신자는 +1-000-0000-0000, 미국 번호 같았다. 뭔가 석연치 않았다. 그 메시지를 보는 순간, 마치 안개 속에서 보이지 않는 그림자가 다가오는 듯한 기분이 들었다.

'누가, 왜 나한테 이런 걸 보낸 거지?'

"재명아, 뭘 그렇게 심각하게 봐?"

지원이 고개를 쑥 내밀었다. 그는 이미 셀카용 링 라이트까지 꺼내 두고 있었다. 8만 팔로워들에게 출국 사실을 알리기 위해 분주히 움직이고 있던 참이었다.

"이상한 문자가 왔어."

재명이 화면을 내밀자, 지원의 눈썹이 치켜 올라갔다.

"'조심해라. 모든 게 계획대로다?' 헉, 완전 소름 돋는데? 누가 보낸 거야?"

"그걸 모르겠어. 미국 번호 같긴 한데."

"스팸 아니야? 요즘 보이스 피싱 엄청 정교하잖아."

지원은 가볍게 넘기려 했지만, 재명은 달랐다. 스팸이라기엔 내용이 너무 섬뜩했다. '모든 게 계획대로다'라니 대체 무슨 계획이란 말인가.

"야, 너희 뭐 해?"

짐을 부치고 오던 철희가 아메리카노 석 잔을 들고 돌아왔다. 늘 자신만만한 걸음걸이였지만 오늘은 더 들뜬 기운이 묻어 있었다.

"철희야, 너도 문자 받았어?"

"문자? 무슨 문자?"

철희가 휴대전화를 확인한 뒤 고개를 저었다.

"난 없는데. 너한텐 뭐라고 왔는데?"

재명이 화면을 보여주자, 철희의 얼굴이 순간 굳어졌다.

"이거, 심상치 않은데."

"그렇지? 나만 받은 것 같아."

철희는 휴대전화를 받아 들고 낮게 중얼거렸다.

"잠깐만. 번호 역추적해 볼게."

"할 수 있어?"

"내가 누군데. 중학교 때 교육청 전산망 뚫은 박철희야."

지원이 걱정스러운 눈빛으로 철희를 바라봤다.

"그 일은…… 사실 좋은 기억은 아니잖아?"

"야, 내 실력이 대단했다는 증거지."

철희의 손가락이 빠르게 휴대전화 화면을 두드렸다. 그러나 곧 표정이 싸늘하게 변했다.

"어라? 이상한데."

"뭐가 이상한데?" 지원이 물었다.

"이 번호, 완전 가짜야. 진짜 발신자를 완전히 숨긴 유령 번호야. 그런데 이 정도 기술은 웬만한 해커가 쓸 수 있는 수준이 아니야. 보통은 정부 기관이나 정보 보안팀 같은 데서나 가능한 수준이지."

그 말을 듣는 순간, 재명의 심장이 북처럼 요동치기 시작했다.

"그럼, 누가 보낸 거야?"

지원이 낮게 물었다.

"나도 몰라. 근데 이건 장난은 아닌 것 같아."

철희가 단호하게 말했다. 그의 눈빛은 흔들림이 없었다.

지원이 곁눈질로 재명을 바라봤다.

"재명아, 너 요즘 특별한 일 있었어? 누가 일부러 신경 쓸 만한 거?"

"아니…, 없어."

재명은 고개를 저었다. 자기 삶은 평범한 고등학생의 일상과 크게 다르지 않았다. 굳이 꼽자면 기본소득 온라인 토론에 자주 참여했다는 정도. 그게 특별할 리 없다고 생각했다.

"아, 맞다!"

지원이 손뼉을 치며 소리쳤다.

"너희 혹시 이번 대회 후원자 얘기 들었어?"

"후원자?"

재명과 철희가 동시에 되물었다.

"5년 전 기억 안 나? 미국의 괴짜 전기차 회장이 지원하기로 했다가 갑자기 손 뗀 바람에 대회가 무산됐잖아."

세 사람은 동시에 그날을 떠올렸다. 마치 하늘이 무너져 내리는 듯한 절망이 온몸을 덮쳤던 순간이었다.

"근데 이번엔 완전 반대래. 새 후원자가 갑자기 나타났다는 거야. 그것도 완전 익명으로."

"익명?"

"응. 대회 전체 예산을 싹 지원했다는데, 금액이 무려 200만 달러래!"

"200만 달러? 우리 돈으로 거의 30억 원이잖아. 도대체 누가 그런 돈을?"

재명이 놀란 목소리로 말했다.

"그게 미스터리라는 거지. 조직위원회도 정체를 전혀 모른대. 스위스 은행에서 입금됐다더라."

지원의 말에 철희의 눈이 번쩍 빛났다.

"정말 수상한데. 200만 달러를 익명으로? 이건 뭔가 있어. 정체를 꼭 알아내야겠어."

재명은 다시 휴대전화 화면을 내려다봤다.

'조심해라. 모든 게 계획대로다.'

등줄기가 서늘해졌다.

"설마 이 문자랑 관련 있는 거 아닐까?"

"철희야, 진짜 알아낼 수 있겠어?"

"당연하지!"

철희가 노트북을 꺼내며 자신만만하게 웃었다.

"스위스 은행 보안이 아무리 세도 내 앞에서는 어림없지."

그때 천장 스피커에서 안내 방송이 울려 퍼졌다.

"밴쿠버 경유 알래스카 앵커리지행 KE085편 승객 여러분, 탑승 시작합니다."

"우리 비행기다!"

지원이 두 팔을 번쩍 들며 환호성을 질렀다.

"철희야, 비행기 안에서도 할 수 있지?"

"기내 와이파이만 있으면 어디서든."

세 친구는 서둘러 짐을 챙겨 탑승구로 향했다. 하지만 재명의 마음속은 여전히 먹구름으로 뒤덮여 있었다. 누군가 그림자처럼 따라오는 기분이 자꾸만 등을 서늘하게 했다.

"야, 재명아. 너 왜 그래? 좀비라도 본 것처럼 표정이 이상해."

철희가 농담처럼 말했지만, 눈빛에는 은근한 걱정이 담겨 있었다.

"아니야, 그냥 느낌이 이상해서."

재명은 낮게 중얼거렸다.

정장 차림의 남자, 신문을 읽는 척하는 여자, 커피를 홀짝이며 휴대전화를 보는 청년—겉보기엔 모두 평범한 승객 같았다. 하지만 재명의 눈엔 어딘가 부자연스럽게 보였다. 누군가 자신들을 몰래 지켜보는 것만 같은 기분이 자꾸만 따라붙었다.

비행기에 오르자, 지원이 그의 팔을 잡아당겼다.

"재명아, 얼굴이 하얘졌어. 괜찮아?"

"솔직히 말하면… 불길한 예감이 들어. 이번 여행, 절대 쉽지 않을 것 같아."

지원은 잠시 말이 없더니 재명의 손을 꼭 잡았다.

"괜찮아. 우리 셋이잖아. 무슨 일이 있어도 같이 이겨낼 수 있어."

그 말에 재명은 잠시 안도의 숨을 내쉬었다. 하지만 가슴 한쪽은 여전히 먹구름으로 가득했다.

이윽고 비행기가 활주로를 달려 힘차게 떠올랐다. 창문 너머로 한국 땅이 점점 멀어졌다. 다섯 해를 기다려온 꿈의 여행이 드디어 시작된 것이다. 그러나 무사히 끝내고 돌아올 수 있을지는 누구도 확신할 수 없었다.

그 순간—

"삐리리리리—"

주머니 속에서 휴대전화 진동음이 울렸다. 재명은 놀란 손길로 휴대전화를 꺼내 화면을 확인했다.

"이미 늦었다. 하지만 진실을 원한다면, 알래스카에서 '오로라'를 찾아라."

메시지는 또다시 같은 번호에서 온 것이었다. 순간 재명의 손끝이 파르르 떨리기 시작했다.

오로라, 어린 시절 교과서에서 처음 본 뒤 평생 꿈꿔온 바로 그 신비로운 빛. 그런데 지금 그것은 단순한 자연 현상이 아니라 누군가가 보낸 의문의 암호가 되어 눈앞에 나타나 있었다.

'이건 우연이 아니야. 누군가 내 모든 걸 알고 지켜보고 있어. 그런데 왜? 대체 무슨 이유로?'

재명의 머릿속은 점점 미스터리의 소용돌이에 빨려 들어갔다. 알래스카의 얼음 대지에서 과연 무엇이 기다리고 있을까? 베일에 싸인 후원자의 정체는 또 누구란 말인가? 마치 짙은 안개 속으로 무작정 걸어 들어가는 기분이었다.

재명은 말없이 창밖을 바라봤다. 비행기는 어느새 태평양 위를 가르며 힘차게 비행하고 있었다.

2
보이콧 폭풍

태평양 38,000피트 상공
10월 12일 오후 2시 30분

"긴급 속보입니다. 미국 정부가 세계 청소년 기본소득 대회 참가국 중 이란, 러시아 등 몇몇 나라 대표단의 입국을 전면 거부했다고 발표했습니다."

기내 모니터에서 앵커의 목소리가 흘러나왔다. 순간 승객들이 술렁이며 서로 웅성거리기 시작했다. 재명은 귀에서 이어폰을 빼고 화면을 뚫어지게 바라봤다.

"입국이 거부된 국가는 이란, 북한, 러시아, 시리아, 예멘, 리비아, 소말리아, 베네수엘라, 쿠바, 그리고 팔레스타인까지 포함됩니다. 미국 정부는 국가 안보, 테러 연계, 인권 문제, 그리고 외교적 제재를 그 이유로 들었습니다."

"뭐야, 이게?"

철희가 벌떡 일어섰다. 주변 승객들이 흘깃 쳐다봤지만, 그는 전혀 신경 쓰지 않았다. 목소리에는 황당함과 분노가 뒤섞여 있었다.

"청소년 대회에 정치를 끌어들이는 거야? 말도 안 돼."

지원도 어이없다는 듯 고개를 저었다.

"북한이랑 이란은 핵무기 때문에, 러시아는 우크라이나 전쟁 때문에 막은 거고, 시리아·예멘·리비아·소말리아는 전쟁이나 테러가 계속돼서, 베네수엘라랑 쿠바는 미국이 싫어하는 정권이 문제라는 거고. 팔레스타인은 아예 나라로도 인정 안 해 주잖아. 결국 다 미국 마음대로야."

재명은 말없이 화면만 바라봤다. 뉴스에 나온 나라들의 이름은 낯설지 않았다. 하지만 '청소년 대회'라는 현실과 겹치자, 가슴이 무겁게 내려앉았다.

지원이 한숨을 내쉬며 낮은 목소리로 말했다.

"팔레스타인은 늘 이스라엘이랑 싸우는데, 미국은 항상 이스라엘 편이야. 이란은 핵무기 만든다고 제재당하고, 북한은 말할 것도 없고. 러시아는 전쟁 때문에 전 세계에서 왕따 당하고 있고. 예멘, 시리아, 리비아, 소말리아는 나라가 전쟁으로 다 무너져서 사람들이 살기도 힘들어. 그렇다고 그 나라 청소년들은 꿈조차 꾸면 안 된다는 거야?"

철희는 주먹을 움켜쥐고 씩씩댔다.

"미국은 맨날 세계 경찰인 척하잖아. 자기들 마음대로 누굴 초대할지 정하는 게 말이 돼? 이게 무슨 세계대회야, 반쪽짜리지!"

지원이 노트북을 열자, 거부당한 나라 대표들의 영상 메시지가 화면에 나타났다.

폐허가 된 학교 앞에서 시리아 소녀가 울먹이며 말했다.

"우리는 전쟁 얘기만 하고 싶지 않아요. 친구들이랑 미래를 그리고 싶어요."

줄에 서서 물통을 들고 있던 예멘 소년은 카메라를 똑바로 보며 조용히 말했다.

"우린 내일을 준비할 힘조차 없지만, 그래도 기본소득을 말하고 싶습니다."

눈 덮인 들판 위에 선 러시아 청년은 목소리를 높였다.

"전쟁을 시작한 건 우리가 아니에요. 우린 그냥 청소년일 뿐이에요."

무너진 건물 옆에서 팔레스타인 소녀가 낮게 속삭였다.

"내 친구는 이제 없어요. 그래도 저는 기본소득을 이야기하고 싶었어요. 우리도 사람이고, 여전히 존재하니까요."

쿠바 청년은 기타를 치며 말했다.

"우린 음악으로도 꿈을 말할 수 있어요. 미국은 우리를 막을 수 있어도, 목소리까지 지울 순 없어요."

그 모습을 본 재명의 가슴은 먹먹하게 죄어왔다. 영상 속 아이들은 모두 자기 또래였다. 단지 태어난 곳이 다르다는 이유로 목소리를 빼앗기고 있었다.

지원이 이를 악물며 중얼거렸다.

"미국은 맨날 자유를 외치면서도 결국 자기네 기준 안에서만 자유를 허락하고 있어."

철희도 씁쓸하게 고개를 끄덕였다.

"이건 단순한 비자 문제가 아니야. 누가 세계를 대표할 수 있는지? 누가 말할 수 있는지?가 본질이라고. 하지만 현실은 전부 미국 마음대로라는 거지."

그때 지원이 휴대전화를 확인하다가 눈을 크게 떴다.

"야, 벌써 난리 났어! #BoycottAlaska, 전 세계에서 1위 해시태그야!"

화면 속에는 분노와 항의를 담은 영상들이 쉴 새 없이 올라오고 있었다.

"Das ist Diskriminierung! (이건 차별이야!)" — 독일 청소년

"Nous ne participerons pas non plus! (우리도 참가 안 하겠다!)" — 프랑스 청소년

"A renda básica não tem fronteiras! (기본소득엔 국경이 없어!)" — 브라질 청소년

세 친구는 말없이 화면을 바라봤다. 대회는 어느새 단순한 정치 논란을 넘어서, 국제적인 연대와 저항의 무대로 바뀌고 있었다. 그 모습을 보는 재명의 마음은 점점 복잡해졌다. 무려 다섯 해 동안 기다린 대회였는데, 이런 일이 터지다니.

"너희는 어떻게 생각해?"

재명이 조심스럽게 물었다.

"우리도 보이콧해야 해. 이건 명백한 차별이잖아!"

지원이 조금의 망설임도 없이 말했다. 눈빛이 강하게 빛났다.

"하지만……"

재명이 목소리를 낮췄다.

"5년을 기다렸잖아. 우리가 빠지면 한국 청소년 목소리는 누가 대변해?"

"그건 중요하지 않아."

지원은 단호했다.

"정의를 지키려면 개인의 희생도 필요해. 차별받는 친구들이랑 연대하는 게 더 먼저야."

그때 철희가 노트북 화면을 돌려주며 끼어들었다.

"잠깐만. 현실적으로 생각해 보자."

화면에는 여전히 참가국 명단이 떠 있었다. 철희가 손가락으로 숫자를 짚었다.

"100개 넘는 나라 중에 10개 나라가 못 온다고 해도, 나머지

90개국이 다 보이콧할까? 아냐. 결국 우리가 빠지면 진짜 기본소득에 관심 있는 청소년들 목소리는 사라지고 말 거야. 그러면 정치적인 계산만 하는 어른들 뜻대로 흘러가겠지."

재명은 잠시 깊은 생각에 잠겼다가 고개를 들었다.

"그럼, 우리가 직접 가서 입국 거부당한 친구들 목소리를 대신 전하면 어때?"

지원이 곧바로 반박했다.

"그건 너무 순진한 생각이야. 그런 불공정한 대회에 참가하는 순간 우리도 공범이 되는 거라고."

"근데 우리가 보이콧한다고 뭐가 달라질까?"

철희가 눈을 가늘게 뜨며 말했다.

"미국이 그렇게 쉽게 정책을 바꿀까? 아닐걸."

잠시 주변 공기가 싸늘하게 가라앉았다. 그때 재명이 조심스럽게 입을 열었다.

"근데 말이야. 보이콧이 정확히 뭐야? 그냥 안 가는 거?"

"뭐라고?"

지원과 철희가 동시에 재명을 바라봤다.

"아니, 영어 단어잖아. 우리말로는 뭐라 그래야 할지 궁금해서…"

그 말을 듣고 철희가 피식 웃었다.

"야, 설마 '보이 코트', 남자애들 옷이라고 생각한 건 아니지?"

"아니거든!"

재명의 얼굴이 확 붉어졌다.

"그냥 정확히 알고 싶어서 그런 거야."

지원이 눈을 반짝이며 몸을 앞으로 기울였다.

"좋아, 그럼 내가 알려줄게. 진짜 소름 돋는 얘기야."

재명의 눈에 호기심이 가득 차올랐다.

"1880년대 아일랜드에 '찰스 보이콧'이라는 영국인이 있었어. 농민들한테 땅을 빌려주고 임대료를 받는 지주였는데, 엄청 냉혹하기로 유명했지."

철희가 궁금하다는 듯 물었다.

"얼마나 냉혹했는데?"

지원은 목소리를 낮추며 말을 이어갔다.

"그해 농사가 자연재해 때문에 완전히 망했거든. 농민들이 무릎 꿇고 '임대료 좀 깎아주세요.' 하고 부탁했대. 근데 보이콧이 뭐라고 했는지 알아?"

지원은 손바닥으로 탁자를 세게 치며 흉내냈다.

"'25% 깎아달라고? 말도 안 돼! 못 내면 당장 나가!' 이랬다는 거야."

"와, 진짜 못됐다."

재명이 혀를 차며 말했다.

"그렇지? 농민들이 가만히 있었겠어? 아니지. 그때 '파넬'이라는 사람이 기막힌 아이디어를 냈어."

지원이 주먹을 불끈 쥐었다.

"'폭력은 쓰지 말자. 대신 저놈을 없는 사람처럼 만들어버리자!' 이랬대."

철희가 고개를 갸웃하며 물었다.

"없는 사람처럼?"

"응. 마을 사람들이 약속한 거야. 보이콧을 위해 절대 일하지 않는다. 물건도 안 판다. 말도 걸지 않는다. 그냥 공기처럼 없는 사람 취급하자는 거였지."

재명의 눈이 동그래졌다.

"그래서 어떻게 됐어?"

지원의 이야기가 점점 흥미로워졌다.

"어느 날 보이콧이 농장에 나갔는데, 평소라면 일꾼들로 북적였을 농장이 텅 비어 있었대. '야! 일꾼들 어디 갔어?' 하고 소리쳐도 대답이 없었대."

"헐."

철희가 감탄하며 눈을 크게 떴다.

"더 놀라운 건, 보이콧 부인이 장을 보러 가도 가게에서 물건을 안 팔았고, 집배원조차 편지를 안 갖다줬다는 거야. 완전히 사회에서 사라진 사람 취급을 받은 거지."

지원은 물 한 모금을 마시고 다시 말을 이어갔다.

"이 소식이 곧 런던 신문에 실렸어. '아일랜드에서 벌어지는 이상한 사회적 처벌'이라고. 사람들은 이 행동을 '보이콧팅'이라고 불렀어. 보이콧이라는 이름을 그대로 따서 말이야. 그게 지금 우리가 쓰는 '보이콧'의 유래야."

"진짜? 그래서 보이콧은 어떻게 됐어?"

재명이 입을 벌리고 감탄했다.

"결국 항복했지. 영국 정부가 군인들까지 보내 보호해 줬지만, 끝내 아일랜드를 떠날 수밖에 없었어."

"완전 자업자득이네."

철희가 피식 웃으며 말했다.

지원이 고개를 끄덕이며 덧붙였다.

"생각해 봐. 자기 이름이 전 세계 언어로 남았는데, 그게 자신이 당한 치욕스러운 사건 때문이라니. 지금도 '보이콧'이라고 하면 '참여하지 않음으로 압박하는 행동'을 뜻하잖아. 140년이 넘었는데도 그대로야."

"그럼 단순히 안 가는 게 아니라, 상대의 힘을 무너뜨리는 거구나."

재명이 고개를 끄덕였다.

"맞아. 무시하고, 외면하고, 거래하지 않는 힘. 다수가 모이면 거대한 권력도 흔들 수 있지."

"멋있다!"

철희가 감탄하자, 지원이 목소리에 더 힘을 주어 말했다.

"그래서 보이콧은 지금도 유효한 거야. 초거대 부자들이 공유자원을 독점해도 우리가 사주지 않고 보지 않으면 돈줄이 말라. 기본소득 재원은 그들의 시혜가 아니라, 우리가 되찾아야 할 권리야. 만약 그들이 협조하지 않으면 우리가 보이콧으로 보여줘야 해. 혼자서는 살 수 없고, 모든 건 함께 만든 결과라는 걸 말이야."

재명은 그 말을 곱씹으며 창밖을 바라봤다. 끝없이 펼쳐진 푸른 하늘 속에서 가슴 한쪽이 서서히 꿈틀거렸다. '과연 우리도 해낼 수 있을까?'

그때, "삐리리리—" 하고 재명의 휴대전화가 또 울렸다.

재명은 깜짝 놀라며 화면을 들여다봤다.

"분열은 계획의 일부다. 하지만 진실은 하나다. 함께 있어야 한다."

아까랑 똑같은 번호에서 온 문자였다. 누군가 자신을 지켜보고 있다는 생각이 머릿속을 파고들자, 재명의 손끝이 덜덜 떨리기 시작했다.

"또 왔어?"

지원이 휴대전화를 들여다보더니 얼굴이 창백해졌다.

"야, 이거 장난 아닌데?"

"누가 우리를 감시하는 거 맞는 것 같아."

철희도 주위를 두리번거리며 목소리를 낮췄다.

그때 기내 TV에서 뉴스 속보가 흘러나왔다.

"앵커리지 공항에서 대치 시위가 벌어지고 있습니다. 청소년들을 환영하는 시민단체와 외국인 청소년들의 정치활동을 반대하는 보수단체가 충돌 중입니다."

"하! 저긴 완전 전쟁터네."

지원이 깊은 한숨을 내쉬었다.

"아, 진짜 미치겠다. 도착도 하기 전에 이런 꼴이라니!"

철희도 힘없이 고개를 끄덕였다.

"어쩌면 알래스카에 발 딛는 순간 더 큰 일이 터질지도 몰라."

그 말에 재명의 가슴이 철렁 내려앉았다. 단순한 청소년 대회라고만 생각했는데 이제는 거대한 국제 정치의 소용돌이에 휘말리는 기분이었다.

"우리 진짜 가야 해? 밴쿠버에서 그냥 돌아갈 수도 있잖아."

재명이 떨리는 목소리로 말했다. 그러자 지원이 그의 손을 꼭 잡았다. 손끝이 따뜻했다.

"재명아, 무서워?"

재명은 고개를 끄덕였다.

"응. 솔직히 좀. 우리가 감당할 수 없는 힘이 움직이는 것 같아."

철희가 노트북을 덮으며 단호하게 말했다.

"그래도 가야지. 여기서 돌아서면 평생 후회할걸."

"근데… 위험하면 어떡해……"

재명이 고개를 숙이며 중얼거렸다.

"위험하면 어때? 우리 셋이잖아. 웬만한 건 내가 다 해결해 줄게."

철희가 환하게 웃어 보였다. 지원도 힘주어 말했다.

"맞아. 우리가 여기까지 온 이유는 세상을 조금이라도 바꿔보고 싶어서잖아."

재명은 두 친구를 바라봤다. 그 눈빛 속엔 두려움보다 훨씬 강한 결의가 담겨 있었다.

"좋아. 가자! 근데 조심은 해야 해. 우리 모르는 큰 힘이 진짜로 움직이고 있는 것 같아."

세 친구는 서로 손을 맞잡았다. 그 순간, 보이스톡이 울렸다. 재명이 아빠였다. 재명은 순간 얼어붙었다.

"여… 여보세요, 아빠?"

"재명아, 지금 어디 있니?"

평소와 달리 아빠의 목소리는 차갑고, 잔뜩 긴장에 젖어 있었다.

"비행기 안이에요. 왜요?"

"지금 당장 돌아와라. 너희 위험하다. 그 대회에 가면 안 돼."

재명의 심장이 미친 듯이 뛰기 시작했다.

"아빠, 그게 무슨 말이에요?"

"설명은 나중에 할게. 일단 돌아와. 제발."

아빠의 목소리는 절박했다. 재명이 자초지종을 물으려는 순간 통화는 끊겨버렸다. 재명은 황급히 다시 보이스톡을 시도했지만 끝내 연결되지 않았다.

"아빠야? 뭐라고 하셔?"

철희가 불안한 목소리로 물었다.

"아빠가 위험하다고 돌아오래."

재명의 목소리가 떨렸다.

"갑자기 왜?"

철희가 눈을 크게 뜨며 물었다.

"나도 모르겠어. 그냥 대회에 가면 안 된다고만 하셨어."

순간 세 친구는 동시에 서로의 얼굴을 바라봤다. 누구도 말을 잇지 못했다. 하지만 그 눈빛 속엔 같은 감정이 담겨 있었다. 단순한 대회 문제가 아니라는 것. 그리고 지금 자신들에게 진짜 위험이 다가오고 있다는 것. 비행기는 여전히 어두운 태평양 위를 가르며 빠르게 날아가고 있었다. 창밖의 검은 바다와 구름은 마치 끝없는 미지의 그림자처럼 세 친구의 마음을 짓누르고 있었다.

3
새로운 벽

밴쿠버 국제공항
10월 12일 새벽 2시 (현지 시각, 16시간 비행)

"재명아, 진짜 한국으로 돌아갈 거야?"

지원이 믿기 힘들다는 얼굴로 물었다. 경유지에서 3시간을 기다리는 동안 재명은 한마디도 없이 깊은 고민에 빠져 있었다. 아빠의 절박했던 목소리가 머릿속에서 떠나지 않았다.

"미안해. 아빠가 그렇게까지 말씀하신 건 처음이야."

재명은 캐리어 손잡이를 꼭 움켜쥐었다. 알래스카행 연결편은 1시간 뒤에 출발 예정이었다.

철희가 답답하다는 듯 고개를 절레절레 저었다.

"야, 그냥 부모님이 걱정돼서 그러신 거잖아. 뉴스 보고 놀라신 거라고."

"아니야. 뭔가 달랐어."

재명은 고개를 세차게 저었다. 아빠 목소리에서 느껴진 건 단순한 걱정이 아니라 뼛속까지 스며드는 진짜 두려움이었다. 그때 휴대전화가 다시 울렸다. 이번엔 엄마였다.

"재명아, 지금 어디야?"

"엄마, 방금 밴쿠버에 도착했어."

"휴, 다행이다."

전화기 너머로 안도의 한숨이 길게 흘러나왔다.

"아빠 말 들었지? 지금 당장 돌아와야 해."

엄마의 목소리도 금이 간 유리처럼 떨리고 있었다.

"엄마, 도대체 무슨 일이에요?"

"설명은… 나중에 해줄게. 일단 돌아와. 항공권은 아빠가 다시 끊어줄 거야."

재명은 전화를 쥔 채 지원과 철희를 바라봤다. 두 친구의 얼굴에도 깊은 걱정이 드리워져 있었다. 그 순간 재명의 머릿속을 스쳐 지나간 기억이 있었다. 바로 한 달 전 집에서 있었던 장면이었다.

재명이네 집
한 달 전

"아빠, 알래스카 대회 참가 승인서에 사인해 주세요."

재명이 조심스럽게 서류를 내밀었다. 아빠는 거실 소파에 앉아 휴대전화 화면을 뚫어져라 보고 있었다. 벌써 대리운전을 시작한 지도 5년. 새벽 두 시에 들어와 몇 시간도 못 자고, 아침이면 또 중소기업에 출근해야 했다. 쳇바퀴 같은 하루가 끝없이 이어지고 있었다.

"알래스카까지 가서 기본소득 이야기라…"

아빠는 길게 한숨을 내쉬었다.

"아빠도 기본소득 필요하다고 하셨잖아요."

재명이 조심스럽게 말을 보탰다.

"그건 그렇지만…."

아빠는 서류를 받아놓고도 쉽게 사인하지 못했다.

그때 현관문이 열리며 엄마가 들어왔다. 도로공사에서 일하는 엄마의 얼굴은 피곤을 넘어선, 먹구름 같은 어두움이 가득했다. 엄마는 신발을 벗자마자 소파에 털썩 주저앉았다.

"오늘 또 회의가 있었어. 구조조정으로 명예퇴직 신청받는대."

엄마가 힘없이 말했다.

"또?"

아빠가 놀라서 되물었다.

"휴… 이번엔 나도 버티기 힘들 것 같아. 부서 인원 절반을 줄인다잖아."

"뭐? 절반씩이나!"

아빠가 목소리를 높였다.

"몇 년 전엔 하이패스 때문에 요금 수납 직원들 다 내보내더니, 이번엔 'AI 상담 시스템'이 들어온대. 여보, 이제 우리 어떡해?"

엄마의 목소리는 지쳐 있었다. 옆에서 듣던 재명이 얼굴도 점점 어두워졌다. 그때 아빠가 바닥에 놓인 참가 승인서를 보며 무겁게 말했다.

"재명아, 아빠도 기본소득이 필요하다는 건 알아."

아빠는 한숨을 깊이 내쉬었다.

"밤마다 운전하면서 생각해. '기본소득만 있었어도 이렇게까지 안 살아도 될 텐데.' 하고 말이야."

"그럼 더 지지해 주셔야죠!"

재명이 목소리를 높였다.

"하지만 지금은 위험해."

아빠의 눈빛엔 걱정이 가득했다.

"내가 회사에서 얼마나 눈치 보며 버티는지 알아? 사장 눈 밖에 나면 바로 잘릴 수도 있어. 괜히 튀는 행동하면 안 돼. 너 기본소득 캠페인 뭐 이런 거 하다가 찍히면 네 앞길이 막힐 수도 있어. 그냥 공부 열심히 해서 좋은 대학 가고 안정된 직장 잡는 게 최고야. 그래야 아빠처럼 투잡 뛰며 밤새우는 인생 안 살지."

"아빠, 세상이 달라지고 있어요."

재명이 눈을 반짝이며 말했다.

"달라져도 마찬가지야. 여긴 각자도생, 약육강식 사회야. 모난 돌이 정 맞는다고, 튀면 바로 깨져. 그게 아빠가 살아오면서 배운 전부다."

"기본소득은 그런 사회를 바꾸자는 거잖아요!"

재명이 울먹이며 소리쳤다.

"모든 사람이 최소한의 생활은 보장받아야 해요. 아빠처럼 생존 때문에 원하지도 않는 일에 매달리지 않으려면… 그래서 기본소득이 더 필요한 거잖아요! 기본소득은 우리를 자유롭게 해 줄 권리라고요!"

아빠는 쓸쓸하게 웃었다.

"권리? 자유? 그런 거 말할 여유가 어디 있냐. 청년 넷 중 하나가 백수라는데, 기본소득 같은 몽상에 빠지면 블랙리스트에 오를 수도 있어. 그러면 대학도, 직업도 다 막히는 거야."

"그러니까 더 필요한 거잖아요! 기본소득이 있으면 백수로 낙인찍히지 않고 진짜 하고 싶은 걸 찾아볼 수 있으니까요."

"재명아, 그만해!"

아빠가 결국 버럭 화를 냈다.

"꿈 같은 소리 하지 말고 현실을 봐. 안정된 직장이 최고야."

재명의 눈가가 붉어졌다. 목이 메어 숨이 막혔다. 엄마도 고개를 숙인 채 깊은 한숨만 내쉬었다. 집안에는 한동안 무거운 침묵이 흘렀다. 잠시 후, 아빠가 깊은 한숨을 내쉬며 입을 열었다.

"아빠는 아들 인생 망칠 줄 알면서 서명 못 한다. 아무리 생각해도 지금은 안 돼."

"도대체 왜 그러세요?"

재명이 떨리는 목소리로 물었다.

"너를 지키기 위해서다. 지금은 때가 아니야. 네가 나설 필요도 없고 그냥 조용히 있어."

재명은 말문이 막혔다. 부모님이 기본소득을 몰라서가 아니라, 자신을 걱정해서 그러는 거라는 걸 알았다. 그래서 더 서러웠다.

"우리 가족이 이렇게 사는 게 정상이에요? 아빠는 밤마다 대리운전, 엄마는 언제 잘릴지 몰라 불안해하고… 이게 맞다고 생각하세요?"

부모님은 아무 대답도 하지 못했다. 재명은 결국 방으로 들어가 문을 닫았다.

그날 밤 재명은 좀처럼 잠들지 못했다. 부모님도 기본소득이 필요하다는 걸 잘 알고 있었다. 하지만 현실이 무서워서 차마 나서지 못하는 거였다. 재명은 그 마음을 이해하면서도 답답했다. 당연한 권리라고 생각하면서도 입 밖에 꺼낼 수 없다니. 그러다 문득 이런 생각이 스쳤다. 누군가는 시작해야 하지 않을까? 부모님 세대가 하지 못했던 도전을.

며칠 뒤 엄마와 단둘이 있을 때였다. 재명은 조심스럽게 입을 열었다.

"엄마, 정말 안 되는 거예요?"

"재명아…."

엄마는 아들의 손을 꼭 잡았다.

"솔직히 엄마도 네가 가서 크게 외쳤으면 좋겠어. 우리처럼 불안한 일자리에서 힘들어하는 사람들을 위해서."

"정말이세요?"

재명의 눈이 반짝였다.

"하지만 무서워. 혹시 네가 정치에 휘말려서 앞길이 막히면 어떡하지?"

결국 사흘 뒤 부모님은 마지못해 서명해 주었다. 단, 조건이 있었다.

"정치적인 발언은 절대 하지 마라. 제도 얘기만 해."

"그리고 위험하다 싶으면 바로 연락하고 돌아오는 거다. 알았지?"

재명은 고개를 끄덕였다. 부모님이 자신을 믿지 못해서가 아니라 세상을 믿지 못한다는 걸 알았기 때문이다.

밴쿠버 공항
10월 12일 새벽

그때의 기억이 떠오르자, 재명은 더 혼란스러워졌다. 부모님이 그렇게 걱정하시면서도 결국 서명을 해주셨는데 왜 갑자기 위험하다고 하시는 걸까? 아빠의 떨리는 목소리가 귓가에서 떠나지 않았다. 마치 보이지 않는 손이 자기를 끌어내리려는 것 같았다.

"재명아, 이제 결정해야 해."

지원이 시계를 가리키며 다급하게 말했다.

"그래, 10분 후면 마지막 탑승이라고!"

철희도 답답한 듯 외쳤다.

재명은 여전히 결정을 내리지 못하고 있었다. 머리로는 부모님의 말씀을 따라야 한다고 생각했지만, 마음은 이미 알래스카로 향하고 있었다. 다섯 해를 기다려온 그곳, 오로라를 본다는 꿈, 그리고 진실을 마주하겠다는 약속이 가슴을 쿵쿵 울렸.

그때 휴대전화가 또 울렸다. 네 번째 문자였다.

"가족의 사랑과 진실 사이에서 선택해야 할 때가 있다. 하지만 때로는 가속을 지키기 위해 진실을 찾아야 한다."

순간, 재명의 등골이 서늘해졌다.

'이건 우연이 아니야. 누군가가 우리를 조종하고 있어. 어쩌면 부모님조차도…'

재명은 손이 떨렸지만 동시에 마음 한쪽에서 강한 불꽃이 일어났다. 망설임 끝에 입을 열었다.

"가자!"

목소리는 흔들리지 않았다.

"뭐?"

철희가 눈을 크게 떴다.

"가자, 알래스카로."

"진짜야? 아까까진 돌아가겠다더니?"

철희가 믿을 수 없다는 얼굴로 물었다.

"생각해 보니까 너무 이상해."

재명은 방금 받은 문자를 두 친구에게 보여주었다.

"누군가 일부러 우리를 흔들고 있는 것 같아."

지원이 고개를 끄덕이며 입술을 깨물었다.

"맞아. 뭔가 수상해."

철희의 눈빛이 번쩍였다.

"좋아! 배후가 누군지 내가 해킹해서 밝혀낼게."

세 친구는 서로 눈빛을 나누고 곧장 탑승구를 향해 달려갔다. 발걸음은 두려웠지만 동시에 굳세고 단단했다.

비행기에 오르며 재명은 속으로 다짐했다.

'아빠, 죄송해요. 하지만 진실을 꼭 알아야 해요.'

그리고 아빠에게 마지막 문자를 보냈다.

"아빠, 저를 믿어주세요. 꼭 안전하게 돌아갈게요. 사랑합니다."

창밖으로 캐나다의 밤하늘이 별빛과 함께 흘러갔다. 그 빛은 마치 세 친구의 결심을 지켜보는 듯 은은하게 반짝이고 있었다.

한국
10월 12일 밤

아빠는 깊은 밤, 대리운전 차 안에서 핸들을 잡고 달리고 있었다. 그때 정체 모를 번호에서 전화가 걸려 왔다.

"여보세요?"

"이상훈 씨, 아드님 이름이 이재명 맞지요? 지금 알래스카에 가면 큰일 납니다."

낯선 목소리를 듣는 순간, 아빠의 손이 본능적으로 핸들을 꽉 움켜쥐었다. 심장이 쿵 내려앉으며 숨이 막히는 듯했다.

"당신… 누구십니까?"

아빠의 목소리는 떨리고 있었다.

"그건 알 필요 없습니다. 아들을 지키고 싶다면 당장 돌아오라고 하세요."

"무슨 말이에요? 제 아들이 뭘 잘못했습니까?"

"아직은 아닙니다. 하지만 곧 위험한 소용돌이에 휘말릴 겁니다. 이번이 마지막 경고입니다."

"네? 자세히 좀 말씀해 주시겠습니까?"

그러나 대답 대신 들려온 건 냉정한 기계음뿐이었다.

"뚜— 뚜— 뚜."

전화가 끊기자, 차 안의 공기는 순식간에 얼어붙었다. 아빠는 떨리는 손으로 간신히 핸들을 붙잡았다.

'도대체 뭐지? 단순히 청소년 대회에 참가하는 것뿐인데 왜 이런 말을 하는 거지? 왜 내 아들 이름을, 일정을 다 알고 있는 거지…?'

남자의 목소리는 차갑고 확신에 차 있었다. 그 순간 아빠는 본능적으로 느꼈다. 이건 장난이 아니었다. 재명에게 뭔가 크게 잘못된 일이 벌어지고 있는 게 분명했다. 곧장 차를 돌려 집으로 향했다. 지금 당장 아내와 상의하지 않으면 안 될 것 같았다.

4
드러난 음모

알래스카행 항공기 안 (밴쿠버 출발)
10월 12일 오전 6시

철희는 노트북 화면을 뚫어지게 바라보며 손가락을 쉴 새 없이 움직였다. 비행기에 탑승한 순간부터 익명의 후원자를 추적했지만, 좀처럼 정체가 드러나지 않았다. 마치 짙은 안개 속에서 헤매는 기분이었다.

"철희야, 아직도 하고 있어?"

옆에 있던 지원이 걱정스러운 목소리로 물었다.

"당연하지. 거의 다 왔어. 스위스 은행 서버 뚫는 건 시간 문제야."

철희는 자신 있게 말했다. 하지만 속으로는 알았다. 예상보다 훨씬 까다로웠다. 그래도 표정은 흔들리지 않았다. 키보드 위를 달리는 손가락에는 오히려 힘이 더 실렸다. 왜냐하면 며칠 전 할아버지와 벌였던 격렬한 대화가 아직도 머릿속에 생생하게 맴돌고 있었기 때문이다.

철희의 집
며칠 전

"또 그 기본소득 타령이냐!"

할아버지가 신문을 탁 내려치며 천둥처럼 소리쳤다. 거실 공기가 순간 얼어붙었다.

할아버지는 40년 전, 무일푼에서 시작해 맨손으로 회사를 일군 자수성가형 기업가였다. 그 때문인지 언제나 자신감이 넘쳤고, 남의 말은 좀처럼 들으려 하지 않았다. 한마디로 고집불통이었다.

"할아버지, 이번엔 달라요. 세계적인 대회라니까요."

철희가 조심스레 말했다.

"세계적이면 뭐가 다르냐? 일도 안 하고 돈 달라는 건 똑같지!"

할아버지의 분노가 거실을 울렸다.

옆에 있던 아빠가 난처한 얼굴로 조심스레 말을 꺼냈다.

"아버님, 철희가 5년 전에도 간청드렸잖아요."

그 말에 할아버지의 눈이 번쩍 빛났다.

"그 얘길 왜 꺼내! 다들 잊고 싶은 일인데!"

철희는 숨을 삼켰다. 5년 전, 할아버지의 완강한 반대로 대회 참가를 포기할 뻔했었다. 결국 집을 뛰쳐나가 가출까지 감행한 끝에 겨우 대회에 참가해서 우여곡절 끝에 재명·지원과 함께 한국 대표가 될 수 있었다. 하지만 그때의 상처는 여전히 가족 모두의 가슴에 깊이 남아 있었다.

"할아버지, 저 지금 세계기본소득청소년대회 한국 대표예요."

철희는 이번엔 당당하게 말했다.

"그게 무슨 자랑이라고! 세상에 공짜는 없어! 내가 맨손으로 여기까지 오는 데 얼마나 고생했는지 아냐? 하루 열다섯 시간씩 막노동하고, 비가 오나 눈이 오나 버텼다. 그렇게 해서 겨우 회사 하나 세운 거다!"

할아버지는 또다시 자신의 인생 이야기를 늘어놓았다. 지금까지 수도 없이 들어온 이야기였지만 이번에는 마치 가시처럼 철희의 가슴에 박혔다.

그때 엄마가 조심스럽게 끼어들었다.

"아버님, 요즘은 시대가 조금 달라졌잖아요."

"달라지긴 뭐가 달라져! 사람은 일해야 하는 거다!"

할아버지는 매섭게 철희를 바라봤다.

"특히 너! 회사를 이어받을 네가 이런 엉뚱한 생각을 한다니!"

그 말에 숨이 막혀왔다. 마치 자신의 미래가 이미 정해져 있다는 듯 들려오는 말들이 철희의 가슴을 짓눌렀다.

"할아버지, 저는 회사 물려받고 싶지 않아요."

"뭐… 뭐라고?"

할아버지가 놀라 눈을 부릅떴다. 옆에 있던 엄마와 아빠도 동시에 숨을 죽였다.

철희는 떨리는 숨을 가다듬고 애써 단호하게 다시 말했다.

"저는 제가 좋아하는 일을 하고 싶어요. 바로 컴퓨터로 세상을 바꾸는 일이요! 해킹으로 부정부패를 밝히고, 프로그램으로 사회문제를 해결하고 싶다고요!"

철희 목소리가 떨리면서도 단호하게 울려 퍼졌다. 하지만 할아버지는 코웃음을 치며 비웃었다.

"네가 좋아하는 일이 겨우 컴퓨터 만지작거리는 거냐? 그걸로 세상을 바꾸겠다고? 세상이 얼마나 냉혹한지 알기나 하고 하는 소리냐? 네가 땀 흘려 돈 한 푼 안 벌어봐서 그런 허황된 소리나 늘어놓는 거다. 그깟 컴퓨터 프로그램으로 사회문제를 해결하겠다고? 세상이 그렇게 호락호락한 줄 아냐? 네가 그렇게 대단해?"

"네! 할아버지만 저를 인정해 주지 않는 거라고요. 제가 얼마나 대단한지 아세요? 중학교 때 교육청 전산망도 뚫었고, 컴퓨터라면 뭐든 자신 있어요!"

철희는 오히려 자랑스럽게 말했다. 순간 거실 공기가 무겁게 내려앉았다. 그러자 할아버지가 노여움 가득한 얼굴로 다시 물었다.

"그게 자랑이라고 생각하냐? 교육청 전산망을 뚫은 건 범죄였다. 그 일로 변호사 고용해서 해결하는 데 돈이 얼마나 든 줄 아냐?"

"그게 왜 잘못이에요? 오히려 제 실력을 증명한 계기였잖아요!"

할아버지는 길게 한숨을 내쉬었다.

"그러니까 네가 아직 철이 없다는 게야. 해킹 따위나 하면서 확실하지도 않은 재주 하나 믿고 큰소리만 치고 있으니…"

"할아버지는 어떻게 그런 말씀을…"

철희의 눈이 흔들렸다. 그때 아빠가 다급히 끼어들었다.

"철희야, 할아버지 말씀이 맞다. 우리 집안이 어떻게 여기까지 왔는지 생각해 봐라. 할아버지가 피땀 흘려 일군 거잖아. 그러니 너도 정신 차리고…"

그러나 철희는 더는 참을 수 없었다. 억눌러왔던 말이 폭발하듯 터져 나왔다.

"아빠도 평생 할아버지 눈치만 보면서 살 거예요?"

"철희야!"

엄마가 깜짝 놀라며 말렸지만 이미 거실 공기는 돌이킬 수 없이 차가워지고 있었다. 할아버지 얼굴은 얼음처럼 굳어졌다.

"좋아. 네 맘대로 해라. 대신 내 돈은 한 푼도 쓰지 마라."

할아버지의 목소리는 냉정했다.

"할아버지!"

"유산도 포기하는 거다. 알겠지?"

순간 거실은 숨조차 막힐 만큼 싸늘해졌다. 엄마와 아빠의 얼굴은 종이처럼 하얗게 질렸다. 수백억 원대의 유산이 걸린 말이었으니 충격은 더 컸다.

철희는 잠시 흔들리는 듯했지만, 곧 고개를 들고 또박또박 말했다.

"좋아요. 전 제 실력으로 할아버지보다 더 많은 돈을 벌 거예요. 컴퓨터 천재인 제가 돈을 못 벌 거라고 생각하세요?"

"그래, 해봐라. 하지만 실패하고 돌아와도 난 모른다."

할아버지 목소리는 돌처럼 단단하고 차가웠다.

알래스카행 항공기 안 (밴쿠버 출발)
10월 12일 오전 7시

그때의 기억이 떠오르자, 철희는 더 집중했다. 이번엔 꼭 해킹으로 실력을 증명하겠다는 오기가 가슴 깊이 솟구쳤다. 적어도 컴퓨터 앞에 앉아 있을 때만큼은 누구의 간섭도 받지 않는 진짜 자유인이었다.

* * *

"어? 잠깐만… 이게 뭐지?"

철희가 낮은 목소리로 속삭였다.

"뭔데?"

재명이 다가와 화면을 들여다봤다.

"이상한 폴더를 찾았어. 암호가 걸려 있는데… 느낌이 심상치 않아."

철희의 손가락이 키보드 위에서 춤추듯 움직였다. 하지만 암호화는 예상보다 훨씬 강력했다. 긴장과 집중 때문에 이마에는 땀이 송골송골 맺혔지만, 손을 멈출 수 없었다.

"이거 진짜 쉽지 않은데."

엔진 소음과 함께 철희의 심장도 요동쳤다. 그리고 30분 후, 마침내 암호가 풀렸다.

"헉… 이게 뭐야?"

철희 얼굴이 순식간에 창백해졌다. 재명과 지원이 동시에 물었다.

"왜 그래? 뭔데?"

컴퓨터 화면에는 믿기 힘든 문서가 떠 있었다.

오로라 프로젝트: 청소년 여론 조작 계획

후원사: 〔REDACTED — 삭제됨〕

협력기관: 미국 국토안보부

목적: 기본소득 운동 무력화 및 청소년 정치 참여 억제

철희는 떨리는 손으로 스크롤을 내렸다.

1단계: 익명 후원으로 대회 개최
2단계: 참가자 개인정보 수집 및 분석
3단계: 정치적 급진화 유도
4단계: 테러 혐의 조작을 통한 대량 체포
5단계: 청소년 정치활동 전면 금지 법안 통과

"이게 진짜야?"

재명이 숨을 죽이며 물었다. 세 친구 모두 목구멍이 바짝 말라 숨소리조차 거칠게 느껴졌다. 철희는 서둘러 다른 파일을 열었다. 거기엔 한국 정부와의 비밀 협의록, 각국 청소년 대표들의 개인정보가 빼곡히 기록돼 있었다.

"재명아, 이거 봐."

철희가 떨리는 손가락으로 화면을 가리켰다.

대상자 심리 조작을 위한 메시지 발송 계획

거기에는 재명이 받아왔던 의문의 문자들이 그대로 저장돼 있었다. 게다가 더 끔찍한 항목이 이어졌다.

철희 — 가족 갈등을 이용한 압박 계획

박성철(할아버지)을 통한 간접적 통제 방안

"나… 나까지?"

철희가 얼어붙은 듯 중얼거렸다.

"내가 이들에게 그동안 조종당했다고?"

그 순간, 화면이 갑자기 시커멓게 변했다.

UNAUTHORIZED ACCESS DETECTED

(허가되지 않은 접근이 감지되었습니다)

SYSTEM LOCKDOWN INITIATED

(시스템 잠금이 시작되었습니다)

"안 돼!"

철희가 필사적으로 키보드를 두드렸지만, 파일들은 연기처럼 하나둘 사라졌다. 이내 노트북은 완전히 꺼져버렸다.

"복구할 수 있어?"

재명이 절망에 찬 눈빛으로 물었다. 하지만 철희는 힘없이 고개를 저었다.

"끝났어. 원격으로 하드까지 날려버렸어."

늘 자신만만하던 얼굴은 온데간데없고, 철희의 목소리는 떨리고 있었다.

"나 자신을 대단한 해커라고 믿었는데… 사실은 누군가의 손바닥 위에서 놀고 있었던 거야. 할아버지 말이 맞았나 봐. 난 아직 철없는 애였어."

지원과 재명이 서로를 바라봤다. 포기할 줄 모르는 철희가 이렇게 무너지는 모습을 보니 가슴이 먹먹해졌다. 셋은 고개를 숙인 채 말없이 앉아 있었다. 이제 모든 게 분명해졌다. 그들은 거대한 음모의 한가운데에 서 있었다.

"어떡하지?"

지원이 불안한 표정으로 물었다. 곁에 있던 재명이 이를 악물고 대답했다.

"일단 알래스카에 도착하면 다른 친구들한테 알려야 해."

철희도 고개를 끄덕였다. 더 이상 허세를 부릴 수 없었다.

"내가 교만했어. 세상을 너무 쉽게 본 거야."

그때 기내 방송이 울려 퍼졌다.

"승객 여러분, 곧 앵커리지 공항에 착륙하겠습니다."

창밖으로 알래스카의 불빛이 점점 가까워졌다. 반짝이는 불빛은 처음엔 마음을 설레게 할 줄 알았는데, 지금 세 친구의 눈에는 희망의 등대가 아니라 곧 다가올 위험을 경고하는 붉은 신호등처럼 보였다.

철희는 가슴 깊은 곳에서 알 수 없는 두려움이 치밀어 올랐다. 해킹으로 무너진 자존심, 조종당하고 있다는 사실, 그리고 다가올 알 수 없는 싸움. 하지만 동시에 깨달았다. 진짜 싸움은 이제부터 시작이라는 것을.

"쿵!"

비행기의 바퀴가 활주로에 닿으며 요란한 마찰음을 냈다. 순간 기체가 흔들렸고, 좌석에 앉은 승객들이 작은 비명을 질렀다. 세 친구는 서로 눈을 마주쳤다. 숨소리마저 들릴 만큼 조용한 침묵 속에서 심장은 엔진 굉음보다 더 요동치고 있었다.

'이제… 피할 수 없어.'

재명은 속으로 그렇게 중얼거렸다.

5
알래스카의 첫 만남

앵커리지 국제공항
10월 12일 오전 10시

"알래스카에 도착했습니다. 환영합니다."

비행기 문이 열리자, 차가운 공기가 재명의 뺨을 스쳤다. 10월의 알래스카는 이미 겨울에 가까웠다. 공기는 싸늘했지만 맑았고, 그 안엔 설명하기 힘든 힘이 담겨 있는 듯했다. 재명은 숨을 크게 들이마셨다. 이 공기는 누구의 것도 아니고, 모두가 함께 나눠야 하는 자원이라는 생각이 스쳤다. '공유부'라는 단어가 가슴 속에 자연스럽게 떠올랐다.

옆에서 철희는 망가진 노트북을 껴안고 있었다. 네 시간 전의 충격이 아직도 가시지 않았다. 자랑스럽게 믿었던 해킹 실력이 사실은 상대의 손바닥 위에서 굴러다니는 장난에 불과했다는 사실이 철희의 어깨를 무겁게 짓눌렀다.

'내가 정말 아무것도 모르는 애였던 걸까?'

입국 심사장은 긴장으로 가득 차 있었다. 한국 대표단은 서류를 몇 번이고 다시 확인받았고, 철희는 가방 속에서 여권을 두 번이나 꺼내야 했다.

"이게 다 보안 때문이라네. 기본소득 대회라기보다 첩보전 같잖아."

검색대를 지나며 철희가 중얼거렸다. 재명과 지원의 얼굴에도 불편한 기색이 역력했다.

공항 로비 한쪽에서는 붉은 조끼를 입은 공무원 노동자들이 시위를 벌이고 있었다. 목소리는 거세고, 얼굴에는 분노가 가득했다.

"작은 정부, 큰 착각!"

"복지 축소가 기본소득이냐?"

"해고는 기본이 아니다!"

피켓들이 파도처럼 출렁이며 구호가 터져 나왔다.

"무슨 일이야?"

재명이 눈을 크게 뜨며 물었다. 지원이 낮은 목소리로 설명했다.

"미국 정부가 '작은 정부'라는 걸 밀어붙이고 있대. 그 영향이 여기 알래스카까지 온 거야."

"작은 정부?"

재명이 고개를 갸웃했다. 지원이 천천히 풀어 설명했다.

"쉽게 말하면, 공무원 수를 줄이고 정부 일을 최소한으로만 하는 거야. 원래 있던 복지제도도 많이 없애면서, 대신 '기본소득을 주니까 괜찮다'라고 홍보하지. 근데 정작 부자들한테는 세금을 깎아줘. 결국 돈은 가진 사람들한테 더 유리하게 흘러가고, 도움이 필요한 사람들은 더 힘들어지는 거야. 마치 밥그릇을 줄여 놓고는 밥 한 숟가락 더 줬다고 생색내는 거랑 비슷하지."

지원의 설명을 듣던 철희가 얼굴을 붉히며 외쳤다.

"기본소득 한다면서 복지부 공무원들을 잘라? 앞뒤가 하나도 안 맞잖아!"

하지만 목소리 속엔 예전 같은 확신보다 혼란이 더 묻어났다. 프로젝트 오로라 문서를 본 이후, 세상이 단순한 흑백이 아니라는 걸 절실히 느꼈기 때문이다.

지원이 고개를 끄덕이며 덧붙였다.

"그게 바로 문제야. 기본소득은 원래 모두가 더 나은 삶을 살라고 만든 제도인데, 지금은 그냥 돈을 아끼는 수단처럼 쓰이고 있어. 원래 복지는 누가 도움이 필요한지 찾아내야 해서 시간도 오래 걸리고 돈도 많이 들거든. 그런데 기본소득은 그냥 모든 사람한테 똑같이 주니까 그런 과정이 필요 없어. 그래서 정부는 효율을 내세우면서 포장하는 거지. 결국 사람을 돕자는 게 아니라 자기들이 쓸 돈을 줄이려는 거야."

"말도 안 돼. 기본소득이 복지를 없애는 핑계가 될 수는 없잖아."

재명이 어이없다는 듯 말했다.

세 친구는 다가오는 시위대를 바라봤다. 시간이 흐를수록 목소리는 더 커지고, 구호는 더 거칠어졌다. 한 중년 여성 공무원이 확성기를 움켜쥐고 절규하듯 외쳤다.

"20년 동안 성실히 일했는데! 하루아침에 쓸모없는 사람이 됐습니다!"

중년 여성의 외침은 공항 천장을 울리며 퍼져나갔다.

"알래스카는 본토랑 달라요! 혹독한 추위와 고립 속에 사는 우리에겐 복지가 곧 생명줄이에요!"

시위대의 함성은 폭풍처럼 몰아쳤다.

"워싱턴 DC 관리들이 뭘 알아! 여기 사는 우리 고통을!"

그 순간, 대회 운영팀이 나타났다. 검은 정장을 입은 관리들이 얼음 같은 표정으로 걸어오자, 시위대의 분노는 한층 더 거세졌다.

"저기 봐요! 워싱턴에서 온 사람들이에요!"

"저 사람들이 우리 일자리를 빼앗은 장본인이에요!"

확성기 소리가 공항 로비를 뒤흔들며 전쟁터 같은 긴장이 퍼졌다. 자원봉사자들이 황급히 청소년 대표단을 안내했지만, 본토에서 온 관리들은 로봇처럼 무표정하게 시위대를 외면했다. 그 모습을 본 재명은 직감했다.

'이건 단순한 환영식이 아니야. 연방정부와 알래스카 사람들 사이의 갈등이 그대로 드러난 현장이야.'

그때 철희의 눈길이 시위대 너머에서 멈췄다. 시끄러운 소란 속에서도 혼자 조용히 책을 읽고 있는 인도 소녀가 있었다.

"저 사람도 참가자인가?"

철희가 중얼거리더니 소녀에게 다가가 물었다.

"안녕, 혹시 기본소득 대회 참가자야?"

지원도 곧장 말을 보탰다.

"우린 한국에서 왔어."

소녀가 책을 덮고 환하게 웃으며 대답했다.

"응, 맞아. 난 마야라고 해. 인도 뭄바이에서 왔어."

"마야? 예쁜 이름이네."

철희가 말했다.

"고마워. 너희 이름은 뭐야?"

"나는 지원, 이쪽은 재명, 그리고 얘는 철희야."

"한국에서 온 너희를 만나서 진짜 반가워. 인도에서는 한국 드라마가 엄청나게 인기거든."

마야의 환한 미소에 세 친구의 굳었던 긴장이 눈 녹듯 풀렸다. 마야가 시위대를 바라보며 조용히 덧붙였다.

"저 사람들 마음, 충분히 이해해. 갑자기 일자리를 잃는다면 누구라도 화가 날 수밖에 없잖아."

입국 심사를 마치고 수화물을 찾으러 가면서 마야가 다시 입을 열었다.

"우리 마을에는 이미 3년 전에 기본소득이 도입됐어."

"정말? 어떤 변화가 있었어?"

지원이 놀라며 물었다.

"처음에는 진짜 놀라웠어."

마야의 눈이 반짝였다.

"우리 마을은 농촌인데, 18세 이상 모든 사람한테 매달 2,000루피씩 주기 시작했거든."

"2,000루피면 달러로 얼마 정도야?"

재명이 마야에게 바짝 다가가며 물었다.

"아마 25달러 정도? 한국 돈으로는 대략 3~4만 원쯤 될 거야. 근데 인도에선 그 정도도 꽤 큰 돈이야."

마야가 환하게 웃으며 답했다.

"그 돈으로 뭐가 달라졌어?"

철희가 진지하게 물었다. 예전 같았으면 "그 정도로 뭐가 바뀌겠냐?"라며 빈정댔을 텐데, 지금은 달랐다. 그는 누군가의 경험을 진심으로 듣고 싶어 했다.

"제일 먼저 우리 엄마가 완전히 달라지셨어."

마야의 목소리에 힘이 실렸다.

"엄마는 평생 농사일만 하셨는데, 기본소득을 받으면서 작은 가게를 차리신 거야."

"진짜? 어떤 가게?"

지원이 눈을 반짝였다.

"직물 가게. 엄마가 원래 바느질 솜씨가 엄청 좋으셨거든. 근데 생계 때문에 늘 농사일만 하셔야 했지."

세 친구는 마야의 이야기에 곧바로 빠져들었다.

"기본소득이 있으니까 혹시 실패해도 굶진 않는다는 든든한 안정감이 생긴 거야. 그래서 용기를 내서 가게를 차리신 거지."

"와, 진짜 멋있다!"

지원이 감탄했다. 마야는 고개를 끄덕이며 말을 이었다.

"엄마뿐만 아니야. 마을 전체가 달라졌어. 예전엔 젊은 사람들이 일자리 찾으러 도시로 떠났는데, 지금은 하나둘씩 고향으로 돌아오고 있어."

"왜?"

재명이 숨죽이며 물었다.

"기본소득 덕분에 마을에서도 살길이 생긴 거지. 다들 작은 가게나 사업을 시작했어. 들판에 꽃이 피어나듯, 매일매일 새로운 시도가 늘어났어."

재명이 감탄하며 말했다.

"그럼 완전히 성공한 거네?"

하지만 마야의 얼굴에 잠시 그늘이 드리웠다.

"꼭 그렇진 않아. 걱정도 있어."

"무슨 걱정?"

철희가 안타까운 얼굴로 물었다.

"이게 오래갈 수 있을지 모르겠어. 사실 이 돈은 외국 NGO가 지원해 주는 거거든. 만약 그 후원이 끊어지면 어떻게 될까? 늘 불안해."

세 친구는 말이 막혔다. 마야의 말은 너무도 현실적이었기 때문이다. 마야는 잠시 주위를 둘러보고는 목소리를 낮췄다.

"또 다른 문제도 있어."

마야의 목소리가 조금 더 낮아졌다.

"정부에서 이 제도를 그리 좋아하시 않거든. 사람들이 스스로 너무 독립적으로 바뀌었다고 생각하는 거야."

"무슨 뜻이야?"

지원이 눈을 반짝이며 물었다.

"예전에는 정부 정책에 불만이 있어도 다들 조용히 참았어. 생계가 칼날처럼 목에 걸려 있었으니까. 근데 지금은 달라. 기본소득 덕분에 사람들이 조금 더 당당하게 의견을 말할 수 있거든. 정부는 그걸 못마땅해하는 것 같아."

철희는 그 순간, 어젯밤 본 끔찍한 문서가 떠올랐다. 오로라 프로젝트. 거기 적혀 있던 '청소년 정치 참여 억제'라는 말이 바로 이런 상황을 가리키는 건 아닐까?

마야의 표정에는 다시 희망이 비쳤다.

"그래서 이번 대회에 꼭 오고 싶었어. 우리 경험을 다른 나라 친구들이랑 나누고, 더 안정적인 기본소득 제도를 만드는 방법을 배우고 싶었거든."

수화물 찾는 곳에 도착하자 각국에서 온 청소년들이 눈에 들어왔다. 독일, 브라질, 핀란드, 몽골… 색색의 옷차림과 표정이 무지개처럼 어우러져 있었다. 잠시나마 세상은 진짜 지구촌 사람들이 한자리에 모인 듯 보였다.

"와, 진짜 세계대회구나!"

재명이 환하게 말했다.

"근데 이란, 북한, 러시아, 시리아, 예멘, 리비아, 소말리아, 베네수엘라, 쿠바 친구들은 결국 못 온 거지?"

지원의 목소리에는 아쉬움이 묻어났다.

"응, 맞아. 진짜 안타까운 일이야."

마야도 고개를 저었다.

"나도 인도에서 그 소식 들었어. 너무 불공평하지 않아?"

그때 공항 방송이 메아리처럼 울려 퍼졌다.

"세계 청소년 기본소득 대회 참가자 여러분, 전용 버스가 대기 중입니다. 안내데스크로 모여주세요."

"이제 가야겠다."

철희가 중얼거렸다. 하지만 목소리에는 설렘보다는 묘한 조심스러움이 묻어 있었다. 함께 안내데스크로 걸어가던 중 재명이가 마야를 힐끗 보며 조심스럽게 물었다.

"마야, 혹시 이번 대회 후원자에 대해 들은 거 있어?"

"후원자?"

마야가 고개를 갸웃했다.

"응. 익명으로 후원했다는 그 사람 말이야."

"아, 그거."

마야는 잠시 주위를 살피더니 목소리를 낮췄다.

"사실 조금 이상했어. 인도에서 출발하기 전에 정부 관계자가 날 찾아왔거든."

"정부 관계자가?"

지원이 눈을 크게 뜨며 물었다.

"대회에서 인도를 부정적으로 말하지 말래. 그리고 만약 후원자가 누구인지 알게 되면 꼭 알려달라고 했어."

마야의 말에 철희, 재명, 지원은 동시에 서로를 바라봤다. 순간 전기가 번쩍 스친 듯한 긴장감이 퍼져 나갔다.

'인노 성부소자 후원자의 정체를 모른다는 뜻이잖아.'

재명의 머릿속이 복잡해졌다. 안내데스크에선 대회 진행요원이 세계 각국에서 온 청소년들 명단을 일일이 확인하며 탑승 버스로 안내했다.

"이제 버스로 호텔까지 이동하겠습니다. 개회식은 내일 열릴 예정입니다."

세 친구는 무리 속에 섞여 버스에 올랐다. 창밖으로는 알래스카의 풍경이 펼쳐졌다. 설산은 햇빛에 반짝이며 은빛으로 빛났고, 끝없이 이어진 침엽수림 위로 수정처럼 맑은 하늘이 드리워져 있었다. 5년을 기다려 마침내 도착한 꿈의 땅. 하지만 재명의 가슴은 이상하게 무거웠다. 아름다움 뒤에 숨어 있는 검은 음모가 자꾸만 떠올랐기 때문이다.

그때 마야가 옆자리에 앉으며 따뜻하게 웃었다.

"재명아, 너 표정이 별로 안 좋아. 무슨 걱정 있어?"

재명은 잠시 망설였다. 마야를 믿어도 될까? 그러나 곧 마음을 열고 조심스레 말했다.

"그냥 내가 너무 많은 기대를 하고 온 것 같아. 혹시 실망하게 되면 어떡하나 싶어서."

마야가 고개를 끄덕이며 조용히 웃었다.

"나도 그래. 근데 우리가 여기 왜 온 건지 잊으면 안 돼. 더 나은 세상을 만들려고 온 거잖아."

그 순간, 재명의 가슴이 뜨겁게 요동쳤다. 맞다. 마야 말이 옳았다. 만약 음모가 있다면, 그래서 진실을 덮으려 한다면 더더욱 밝혀내야 했다. 그것이 바로 마야처럼 순수한 마음으로 온 친구들을 지켜내는 길이었다. 버스 창밖에는 붉게 물든 단풍 사이로 흰 눈이 군데군데 내려앉아 있었다. 눈과 단풍이 어우러진 풍경 속을 버스는 힘차게 달렸다.

　철희는 창밖을 멍하니 바라보며 깊은 생각에 잠겼다. 자신이 자랑하던 해킹 실력은 산산이 무너졌다. 그렇다면 진짜 붙들어야 하는 건 무엇일까. 어쩌면 '기술'이 아니라, 바로 옆에 있는 '사람들'인지도 몰랐다. 철희는 멀리 보이는 작은 마을을 바라보며 처음으로 겸손한 마음을 품었다. 이제는 허세가 아니라 진짜로 친구들과 함께 다가올 험난한 여정을 준비해야 했다.

6
중국 대표의 두 얼굴

알래스카 대회 참가자 전용 버스
10월 12일 오전 11시

버스 안에는 30여 명의 각국 청소년들이 설렘과 긴장을 안고 앉아 있었다. 서로 처음 만나는 사이라 분위기는 다소 어색했지만, 같은 꿈을 품은 동료라는 묘한 친근감이 감돌았다. 그때 재명이 작은 목소리로 속삭였다.

"저분도 우리랑 비슷하게 생기지 않았어?"

철희와 지원이 고개를 돌리자 맨 뒷자리에 혼자 앉아 있는 동양인 청년이 눈에 들어왔다. 깔끔한 정장을 입고 노트북에 집중하고 있는 모습은 다른 참가자들과 달리 혼자만의 세계에 잠겨 있는 듯했다.

"중국에서 온 것 같아."

지원이 고개를 끄덕이며 맞장구쳤다.

"우리가 먼저 가서 인사드려 볼까?"

재명이 조심스럽게 제안했다. 신호 대기로 버스가 멈춘 사이 셋은 빠르게 빈 뒷자리로 자리를 옮겼다. 청년은 고개를 들더니 차갑고 날카로운 눈빛으로 그들을 바라보았다. 순간 세 친구는 멈칫했다. 하지만 지원이 용기 내서 미소 지으며 말했다.

"안녕하세요. 저희는 한국에서 왔습니다."

그러자 청년의 매서운 눈빛이 잠시 흔들리더니, 이내 차분한 미소로 바뀌었다.

"안녕하세요. 리웨이라고 합니다. 중국 베이징에서 왔습니다."

그는 유창한 영어로 담담하게 자신을 소개했다. 베이징대학교 경제학과 1학년이라고 했다.

"와, 베이징대요? 정말 대단하시네요."

재명이 감탄했다. 대학에 대해 자세히는 몰랐지만, 베이징대가 세계적으로 이름난 명문이라는 것쯤은 알고 있었다.

"별거 아닙니다. 중국에서는 흔한 일이지요."

리웨이가 미소를 지었지만 어쩐지 그 웃음 뒤에는 서늘한 기운이 스며 있었다.

호기심을 참지 못한 철희기 조심스럽게 물었다.

"혹시 중국에도 기본소득이 있습니까?"

리웨이의 표정이 순간 흔들리더니, 금세 계산하는 듯한 차가운 눈빛이 스쳤다.

"기본소득이요? 물론 있습니다."

"정말요?"

지원이 놀라 되물었다.

"네. 사실 중국은 세계에서 가장 먼저 기본소득을 시작한 나라입니다."

리웨이는 자신 있게 말했다.

"언제부터입니까?"

재명이 숨죽이며 물었다.

"1949년부터지요."

옆에서 듣던 마야도 눈을 반짝이며 끼어들었다.

"1949년부터라면, 벌써 70년도 훨씬 넘은 거네요?"

"맞습니다. 공산주의 체제 자체가 바로 완벽한 기본소득이니까요."

리웨이는 마치 교수처럼 차분한 목소리로 설명을 이어갔다.

"중국에선 국가가 국민의 기본적인 필요를 다 보장해요. 집, 병원, 학교, 음식까지 무료거나 아주 저렴하게 제공되죠."

설명을 들은 철희가 고개를 갸웃했다.

"그건 기본소득이라기보다 사회주의 복지 아닌가요?"

"차이가 뭐가 있죠?"

리웨이가 미간을 좁히며 되물었다.

"결과는 같잖아요. 누구나 기본적인 생활을 누리니까요."

"하지만 기본소득은 현금을 직접 주는 거잖아요."

마야가 조심스럽게 끼어들었다.

"꼭 현금이어야만 하나요? 쌀을 받든 쌀 살 돈을 받든, 어차피 같은 거 아닌가요?"

리웨이가 고개를 갸웃하며 대답했다. 그러자 철희가 목소리에 힘을 주어 말했다.

"아니, 달라요. 쌀을 받으면 쌀만 먹어야 하지만, 돈을 받으면 내가 원하는 걸 선택할 수 있어요. 쌀도 사고, 책도 사고, 영화도 볼 수 있죠. 그게 자유예요."

리웨이가 잠시 망설이다가 반박했다.

"중국에도 그런 자유는 있어요."

재명이 눈을 가늘게 뜨며 물었다.

"정말 그래요? 그럼, 중국에서 시진핑 정부를 비판하는 책도 아무렇지 않게 살 수 있나요?"

순간 리웨이의 표정이 굳더니 얼굴까지 창백해졌다.

"그건 좀 다른 문제죠."

"아니요, 그게 바로 핵심이에요."

철희가 한 발 앞으로 나섰다.

"진짜 기본소득은 정부도 손댈 수 없는 자유를 보장해야 하거든요."

리웨이는 물러서지 않았다. 오히려 목소리를 높였다.

"하지만 서구식 개인주의는 사회를 갈라놓잖아요! 중국의 '공동부유' 정책이 훨씬 안정적이고 모두에게 이익이 되는 거라고요."

"공동부유요?"

마야가 고개를 갸웃했다.

"네! 시진핑 주석이 내세운 위대한 정책이에요. 공동부유(共同富裕), 말 그대로 '모두 함께 부자가 된다.'라는 뜻이죠. 부자만 혼자 잘사는 게 아니라, 사회 전체가 골고루 잘사는 세상을 만드는 거예요."

의기양양해진 리웨이가 계속해서 말했다.

"그래서 알리바바, 텐센트 같은 대기업들이 수십조 원씩 기부하고 있습니다."

철희가 눈빛을 반짝이며 낮은 목소리로 물었다.

"그거, 정말 자발적으로 낸 거 맞나요?"

"그건 강요가 아니라…"

리웨이가 말끝을 흐리자 철희가 잽싸게 휴대전화를 꺼내 검색을 시작했다. 잠시 뒤 화면을 들이밀며 말했다.

"여기 봐요. 정부가 '사회적 책임'을 강조한 직후 대기업들이 갑자기 기부 폭탄을 쏟아냈네요. 이게 진짜 우연일까요?"

순간 버스 안 공기가 차갑게 변했다. 리웨이가 당황한 얼굴로 더듬거렸다.

"그건 기업들이 사회를 위해서…"

하지만 지원은 단호했다.

"아니요. 그건 무서워서 낸 거예요. 정부가 두려워서 억지로 내는 돈이랑, 시민이 권리로서 당당하게 받는 돈은 완전히 다르죠."

그때까지 조용히 있던 루카스가 몸을 앞으로 기울이며 손을 살짝 들었다. 그는 얼마 전 공항에서 영어 팻말을 번역해 주던, 독일에서 온 참가자였다.

"잠깐, 제가 한마디 해도 될까요?"

뜻밖의 제안에 모두의 시선이 루카스로 향했다. 재명과 철희, 지원, 마야는 고개를 끄덕이며 반가운 미소를 지었다.

"물론이죠. 같이 얘기해요."

루카스는 한숨 돌리듯 미소를 지으며 말을 이었다.

"제가 듣다 보니 꼭 짚고 넘어가야 할 부분이 있네요. 기본소득을 공산주의와 똑같다고 생각하는 건 큰 오해예요. 둘은 전혀 다른 제도입니다."

마야가 눈을 반짝이며 고개를 갸웃했다.

"정말 달라요? 둘이 뭐가 다른데요?"

루카스는 천천히 손짓을 곁들이며 설명을 이어갔다.

"공산주의는 위에서 아래로 내려와요. 정부가 '이만큼만 가져가라.' 하고 나눠주는 거죠."

그는 아래쪽으로 화살표를 그리며 눈을 찡그렸다.

"하지만 기본소득은 그 반대예요. 시민이 권리로 요구하고, 위로 올려보내는 거죠."

이번엔 화살표를 위쪽으로 그리며 목소리를 높였다. 그러자 잠자코 있던 재명이 눈을 크게 뜨며 맞장구쳤다.

"맞아! 한국에서도 기본소득 얘기만 나오면 바로 공산주의라고 몰아가는데, 사실 완전히 다른 제도잖아!"

철희도 팔짱을 끼고 고개를 끄덕였다.

"그러니까, 기본소득은 빨갱이가 아니라 자유예요. 다시 말해 자유를 살 수 있는 제도죠."

지원이 마지막으로 덧붙였다.

"공산주의는 '이것만 써.'라고 명령하지만, 기본소득은 '네 마음대로 써.'라고 믿어주는 거예요. 자유와 선택, 그게 진짜 핵심이죠."

곁에서 듣고 있던 마야가 한숨을 쉬며 말했다.

"정말 억울하네요. 이렇게 다른 제도를 똑같이 취급하다니."

리웨이는 점점 몰리는 기분이 드는지 방어적인 말투로 대응했다.

"하지만 중국 방식이 훨씬 안정적이에요. 서구는 너무 혼란스럽잖아요."

"안정적이라고요?"

지원이 피식 웃으며 고개를 갸웃했.

"그럼, 왜 중국 청년들이 '탕핑(躺平, 누워 있기)' 한다는 말이 나올까요? 또 왜 '내롤(內卷, 끝없는 경쟁)' 때문에 그렇게 힘들어하는 거죠?"

리웨이는 눈을 크게 뜨며 당황했다.

"그걸 어떻게 알았어요?"

"SNS에 다 나와 있던데요."

마야가 담담히 대답했다.

"중국 젊은이들도 우리랑 똑같은 고민을 하잖아요. 취업, 집값, 결혼…"

재명이 고개를 끄덕이며 덧붙였다.

"결국 문제는 같아요. 각자 자유롭게, 존엄하게 살 수 있느냐는 거죠."

리웨이가 마지막으로 반격을 시도했다.

"그래도 기본소득은 사람들을 게으르게 만들잖아요."

철희가 고개를 갸웃하며 물었다.

"그럼, 공산주의는 사람들을 더 부지런하게 만든다는 건가요?"

그는 날카롭게 공격하기보다는 진짜 궁금하다는 듯 물었다.

"아까 말한 '탕핑', 그건 뭐죠? 누워버린 건 중국 청년들이잖아요."

철희가 장난스럽게 묻자 잠깐 정적이 흘렀다. 그런데 곧 버스 안 여기저기서 킥킥 웃음이 터져 나왔다. 작은 파도처럼 번진 웃음은 이내 차 안 전체를 감쌌다. 결국 리웨이도 어깨를 으쓱하며 웃음을 터뜨렸다.

"맞습니다. 요즘 경쟁이 너무 심해서 다들 그냥 누워 있고 싶어 하지요. 아마 제가 제일 먼저 누운 사람일 겁니다."

그 말에 버스 안은 또 한 번 큰 웃음으로 가득 찼다. 순간까지 얼어붙어 있던 긴장이 눈 녹듯 풀리고 공기는 한결 따뜻해졌다. 그 뒤로 다섯 명은 이런저런 이야기를 나눴다. 알래스카에서 보게 될 오로라, 학교 이야기, 미래의 꿈, 심지어는 첫사랑 얘기까지 오갔다. 처음 만난 사이였지만 금세 가까워졌다.

재명은 리웨이와 루카스를 번갈아 바라봤다. 처음에는 자신보다 훨씬 어른 같아 보였는데 이야기를 나눠보니 겨우 몇 살 많은 형일 뿐이었다. 낯선 나라에서 갑자기 형이 생긴 것 같은 기분에 괜히 마음이 든든해졌다. 한국을 떠난 뒤 처음으로 재명은 마음껏 웃고 떠들 수 있었다. 그때였다.

"끼이이익!"

버스가 갑자기 급정거했다. 아이들의 몸이 앞으로 쏠리며 차 안이 술렁였다.

"뭐야? 무슨 일이야?"

앞자리 쪽에서 한 참가자가 다급히 외쳤다. 운전기사는 이어폰을 낀 채 전화를 받고 있었다. 그런데 통화하는 동안 그의 표정이 점점 굳어졌다. 전화를 끊은 운전사가 몸을 돌려 큰 소리로 말했다.

"죄송합니다. 호텔에 폭탄 위협 전화가 들어왔다고 합니다!"

"뭐?"

차 안은 벌집을 쑤신 듯 웅성거렸다. 여기저기서 놀란 목소리가 터져 나왔다.

"경찰이 호텔을 수색 중이라고 하네요. 안전이 확인될 때까지는 이동할 수 없습니다."

재명, 철희, 지원은 동시에 눈을 마주쳤다. 셋 다 말은 안 했지만, 머릿속에 같은 단어가 떠올랐다. 오로라 프로젝트— 그 끔찍한 계획의 '4단계, 테러 혐의 조작'.

'설마 이것도 그들의 시나리오 중 하나야?'

재명의 심장이 덜컥 내려앉았다. 그때 리웨이의 표정이 눈에 띄게 어두워졌다. 그런데 단순히 두려워하는 모습은 아니었다. 재명은 순간 리웨이가 마치 이런 상황을 이미 알고 있었던 것 같다는 묘한 느낌을 받았다.

"리웨이, 괜찮아요?"

마야가 걱정스러운 눈빛으로 물었다.

"네, 괜찮습니다."

리웨이는 태연한 척했지만, 그의 손은 나뭇잎처럼 미세하게 떨리고 있었다.

잠시 후 그는 고개를 숙이더니 다른 사람들의 시선을 피하며 휴대전화를 열었다. 몸을 기울여 화면을 가린 후 손끝을 빠르게 움직였다. 메시지를 쓰고 있는 게 분명했지만, 그 내용은 아무도 볼 수 없었다.

"수상한데…"

철희가 작게 중얼거렸다. 그때 운전사가 버스를 한적한 길가에 세웠다. 창밖으로 스쳐 지나가던 숲과 도로 풍경도 함께 멈춰 섰다. 버스 안은 묘한 정적에 휩싸였다.

재명은 차분히 숨을 고르며 주변을 살폈다. 이제는 성급하게 뛰어들어선 안 된다. 지금 자신에게 필요한 건 두려움이 아니라 진실을 마주할 용기였다.

7
혼돈 속의 공항

앵커리지 국제공항 임시 대기소
10월 12일 정오

호텔로 향하던 버스는 폭탄 위협 소식 때문에 결국 방향을 돌려 다시 공항으로 돌아올 수밖에 없었다. 참가자들은 안내원의 손짓을 따라 임시 대기소로 옮겨졌다.

커다란 공간 안에는 급히 들여놓은 접이식 테이블과 의자들이 줄지어 있었고 그 위에는 샌드위치와 음료가 대충 올려져 있었다. 하지만 그 자리는 왁자지껄하기는커녕 무겁고 긴장된 공기로 가득했다.

"이게 뭐야? 완전 전쟁터 같잖아."

지원이 창밖을 보며 낮게 중얼거렸다.

유리창 너머에는 피켓을 높이 든 사람들이 줄지어 서 있었다. 경찰차와 소방차는 붉은 불빛을 번쩍이며 분주하게 오갔다. 사이

렌 소리는 멀리서도 쉴 새 없이 울려 퍼졌다.

"저 사람들은 왜 저러는 걸까?"

마야가 불안한 눈빛으로 물었다. 루카스가 창가로 바짝 다가가 팻말을 읽어 주었다.

"'보안요원 임금 인상', '연방 공무원 감축 반대'. 노동쟁의 같군요."

그 말에 재명이 씁쓸하게 숨을 내쉬었다.

'5년을 기다린 꿈의 무대인데 시작부터 이런 소용돌이라니…'

눈앞에는 설산과 오로라 대신 분노와 혼돈의 풍경이 펼쳐지고 있었다. 그때였다.

"사실 이런 상황은 미국 전역으로 퍼지고 있습니다."

등 뒤에서 갑자기 낯선 목소리가 들려왔다. 모두가 동시에 고개를 돌렸다. 40대 중반쯤 되어 보이는 남자가 세련된 정장을 입고 서 있었다. 그는 완벽하게 다듬어진 미소를 지은 채, 마치 오래전부터 그곳에 있었던 것처럼 자연스럽게 다가왔다.

"안녕하세요. 저는 데이비드 스미스입니다. 이번 대회의 주요 후원사 대표로 왔습니다."

그는 유창한 영어로 인사하며 명함을 내밀었다. 금빛 글씨로 새겨진 명함에는 '오로라 재단 상임 이사'라는 직함이 또렷하게 적혀 있었다.

"아, 후원사에서 오신 분이군요."

지원이 안도한 듯 반갑게 말했다. 하지만 재명은 철희의 얼굴이 굳어 있는 걸 놓치지 않았다. 철희 눈에 떠오른 건 분명 해킹 도중 보았던 '오로라 프로젝트' 문서였다.

데이비드는 잠시 숨을 고르고 대기실을 둘러보았다.

"여러분이 폭탄 협박 때문에 불편을 겪고 있다고 해서 직접 달려왔습니다. 정말 안타까운 일이에요. 사실 이런 혼란은 트럼프 대통령의 연방공무원 25% 감축 정책에서 비롯되었습니다."

"네? 25%나 줄였다고요?"

철희가 놀라 목소리를 높였다.

"그렇습니다. '작은 정부, 효율적인 행정'이라는 구호 아래 공무원 수를 대폭 줄였죠. 그 결과 보안요원 부족을 이유로 공항은 마비됐고, 남은 직원들 역시 과로를 호소하며 파업에 나섰지요."

재명은 마음속이 복잡해졌다.

'우린 세상을 바꾸겠다고 여기까지 왔는데, 정작 눈앞에선 사람들이 일자리와 생계를 지키려고 싸우고 있잖아.'

알래스카까지 와서 마주한 첫 장면이 이렇다니. 꿈꾸던 오로라 대신, 잔혹한 현실의 모순이 그들의 앞을 가로막고 있었다. 그 순간 데이비드가 미소를 거두고 낮은 목소리로 말을 이었다.

"하지만 이런 상황도 결국 시장경제의 자연스러운 조정 과정입니다. 비효율적인 공공부문을 줄이고 민간의 힘을 끌어올리면, 장기적으로는 훨씬 더 큰 성과를 거둘 수 있죠."

지원이 곧장 맞섰다.

"자연스럽다고요? 사람들은 지금 당장 일자리를 잃고 가족의 생계가 무너지고 있는데도요?"

그러나 데이비드는 흔들림 없이 오히려 더 당당한 어조로 말했다.

"그게 바로 시장의 힘입니다. 필요 없는 일자리는 사라지고 꼭 필요한 일자리만 살아남는 거죠. 그게 진짜 효율성이에요."

리웨이가 고개를 끄덕이며 거들었다.

"맞습니다. 중국도 국유기업을 대대적으로 정리했죠."

"잠깐만요!"

이번엔 마야가 손을 들며 나섰다.

"그럼, 필요 없다고 밀려난 사람들은 어떻게 하라는 거예요? 굶어 죽으라는 건가요?"

"새로운 기회를 찾으면 됩니다."

데이비드는 마치 간단한 수학 문제를 설명하듯 단호하게 대답했다.

"시장은 언제나 무한한 기회를 만들어내니까요."

철희가 차분히 반문했다.

"50대 공무원이 갑자기 새로운 기회를 찾는 게 가능할까요? 현실적으로 어렵지 않습니까?"

"그런 분들을 위한 재교육 프로그램도 있습니다."

"그 비용은 누가 내죠?"

"당연히 본인이 부담해야죠. 자기 계발은 개인의 책임이니까요."

재명은 그의 말을 들을수록 속이 뒤틀렸다. 데이비드는 사람의 감정이라고는 전혀 없는 기계 같았다. 책에서 본 경제학 공식만 읊조리는 듯했다. 결국 재명이 참지 못하고 직설적으로 물었다.

"스미스 씨, 기본소득 대회를 후원하시면서 왜 그렇게 냉혹한 생각을 하시는 겁니까?"

데이비드는 잠시 당황한 듯 눈빛이 흔들렸지만, 곧 다시 가면 같은 미소를 지어 보였다.

"좋은 질문이네요. 저희는 기본소득의 다양한 가능성을 탐구하고 있습니다."

"다양한 가능성이요?"

"네. 이를테면 기본소득이 기존 복지제도를 완전히 대체할 수 있다면 정부 예산을 혁신적으로 줄일 수 있겠죠."

지원이 당장이라도 폭발할 듯한 얼굴로 그를 노려봤다.

"복지제도를 없앤다고요?"

"그렇습니다. 실업급여, 주거 지원, 의료보험…… 이런 것들을 모두 기본소득 하나로 합치면 행정비용을 크게 절약할 수 있습니다."

"그럼 복지 예산 총액이 줄어들 수도 있잖아요?"

루카스가 걱정스러운 얼굴로 물었다.

"그게 바로 핵심입니다."

데이비드가 승리감을 감추지 못한 미소를 지으며 답했다.

"효율적인 시스템이란 최소한의 비용으로 최대한의 효과를 내는 거니까요."

지원이 폭발하듯 치밀어 오르는 분노를 억누르며 깊게 숨을 들이켰다.

"그건 기본소득의 목적이 아니잖아요. 기본소득은 비용 절약 도구가 아니라 사람을 살리는 제도입니다."

데이비드의 미소가 순간 흔들렸다. 마야도 울먹이며 소리쳤다.

"제 친구는 일자리를 잃었고, 기본소득조차 받지 못했어요. 결국 그러다 세상을 떠났다고요. 그런데 당신은 비용 절약 얘기만 하고 있군요!"

데이비드는 당황한 듯 눈을 깜빡이며 변명했다.

"죄송합니다. 제가… 제가 너무 이론적으로만 접근했네요."

"이건 이론이 아니에요!"

재명이 벌떡 일어나 탁자를 주먹으로 내리쳤다. 쾅 하는 소리에 주변 참가자들이 흠칫 놀랐다. 그러나 이번에 그의 목소리에는 단순한 화가 아니라 억눌린 분노와 절박함이 담겨 있었다.

"이건 사람이 죽고 사는 문제라고요!"

모두의 가슴이 두근거리며 울렁거릴 때, 공항 전체에 안내 방송이 울려 퍼졌다.

"세계 청소년 기본소득 대회 참가자 여러분! 호텔 안전 점검이 완료되어 곧 이동하겠습니다."

데이비드가 어색한 미소를 지으며 자리에서 일어났다.

"다행히 문제가 해결된 것 같군요."

그가 서둘러 자리에서 일어섰다. 덕분에 무겁게 내려앉았던 공기도 조금은 가벼워졌다.

마야가 눈물을 훔치자 지원이 곁에서 계속 손을 잡아주었다. 다른 참가자들도 하나둘 일어나 다시 버스를 타기 위해 분주하게 움직였다.

앵커리지 국제공항 임시 대기소
10월 12일 오후 12시 30분

그때 갑자기 공항 직원 한 명이 다가와 말했다.

"저쪽에 핀란드에서 온 친구가 여러분을 찾고 있던데요."

직원이 손가락으로 가리킨 곳에 키가 크고 금빛 머리에 파란 눈을 가진 청년이 서 있었다. 그는 환한 얼굴로 손을 흔들며 다가왔다.

"안녕! 나는 에이노야!"

금발 머리에 파란 눈을 가진 청년이 환한 얼굴로 손을 흔들며 다가와 인사했다.

"핀란드에서 왔어. 혹시 한국에서 온 친구들이니?"

"응, 맞아!"

지원이 반갑게 대답했다.

"와, 진짜 반갑다! 한국은 내가 꼭 가보고 싶은 나라 중 하나야. BTS, 손흥민, 그리고 요즘 케데헌까지 핀란드에서도 인기가 장난 아니야."

지원의 얼굴이 환하게 빛났다.

"정말?"

"그럼! 내가 유튜브 채널도 하는데 한국 문화 소개 영상이 제일 인기 많아."

"유튜브 채널을 한다고?"

"응! '변화를 꿈꾸는 북유럽 청소년들'이라는 채널인데 구독자가 한 50만 명쯤 돼."

재명이 놀라 입을 벌렸다.

"헉, 50만 명? 그럼, 너 완전 유명인 아니야?"

"아냐, 그냥 열심히 할 뿐이지. 난 주로 기본소득, 환경, 청소년 정치 참여 이런 주제를 올려. 부당한 계엄령에 맞서 한국 시민들이 보여준 K-민주주의는 정말 인상적이었어."

에이노가 스마트폰을 꺼내 보여주었다.

"특히 '핀란드 기본소득 실험' 영상이 엄청나게 반응이 좋았어."

"핀란드 기본소득 실험?"

마야가 눈을 크게 떴다.

"응. 2017년부터 2018년까지 2년 동안 실업자 2천 명한테 매달 560유로씩 준 실험이었어."

"와, 진짜 대단하다. 결과는 어땠어?"

지원이 기대에 찬 눈빛으로 물었다.

"상상 이상이었지. 다들 더 행복해지고, 스트레스도 줄고, 창업하는 사람도 늘었어. 그리고…"

에이노가 잠시 말을 멈추더니, 지원을 향해 미소 지었다.

"특히 젊은 여성들의 사회 참여가 눈에 띄게 늘었어. 진짜 큰 변화였지."

"근데 결국 그 실험은 중단됐잖아."

재명이 안타까운 마음으로 말했다.

"맞아. 정치적인 이유였어."

에이노가 아쉬운 듯 고개를 저었다.

"사회보장기관에서 실험을 너 확내하려고 예산을 요청했는데 정부가 거절했어. 오히려 실업자들한테 '일하거나 훈련받아야만 지원받을 수 있다.'라는 조건을 붙였지. 기본소득의 핵심인 '무조건성'을 깨뜨린 거야."

"그래서 이번 대회에 온 거야?"

지원이 물었다.

"응. 난 전 세계 친구들이랑 기본소득의 가능성을 증명하고 싶어. 특히 아시아 청소년들의 아이디어에서 배우고 싶어. 한국은 늘 새로운 변화를 만들어내잖아."

에이노가 환하게 웃으며 지원의 손을 자연스럽게 잡았다.

"그래서 너랑 꼭 친해지고 싶어."

재명은 그 장면을 보는 순간 어쩐지 마음이 어수선해졌다. 가슴 속 어딘가가 살짝 무거워지는 느낌, 이름 붙일 수 없는 낯선 기분이 스며들었다. 그냥 우정의 표현일 텐데도 둘만 가까워지는 것 같아 괜히 불편했다. 왜 그런지 스스로도 알 수 없어 눈길을 돌리고 있는데, 철희가 장난스럽게 물었다.

"혹시 유튜브 수익도 꽤 되는 거 아니야?"

"어느 정도는 나오는데 그게 중요한 건 아니야."

에이노가 진지한 얼굴로 고개를 저었다.

"난 진짜 세상을 바꾸고 싶어. 특히 청소년들이 더 많이 정치랑 사회에 참여했으면 해."

그때 데이비드가 갑자기 끼어들었다.

"흥미롭군요. 50만 명의 구독자라면 영향력이 상당하겠죠. 젊은 세대의 반응은 어떤가요?"

"대부분 아주 긍정적이에요. 특히 MZ세대는 기성세대랑 달라요. 돈보다 의미를, 소유보다 경험을 더 소중히 여기거든요."

에이노가 자신 있게 대답했다. 하지만 데이비드는 곧바로 물었다.

"하지만 현실은 돈 없이는 아무것도 할 수 없지 않습니까?"

"그래서 기본소득이 필요한 거예요."

지원이 곧장 끼어들었다.

"돈 걱정 없이 자기가 하고 싶은 일을 할 수 있도록 돕는 거잖아요."

"맞아! 지원, 네 말 진짜 옳아."

에이노가 크게 고개를 끄덕이며 지원 쪽으로 한발 다가섰다.

"너 생각이 진짜 깊다. 혹시 내 유튜브 채널에 출연해 줄 수 있어?"

"뭐? 내가?"

지원이 깜짝 놀라며 되물었다. 두 볼이 금세 빨갛게 물들었다.

"응. 난 한국 청소년의 목소리를 직접 전하고 싶어. 특히 아시아 친구들의 시각에서 말이야."

둘 사이에 흐르는 공기를 느낀 재명은 마음이 더욱 복잡하게 뒤엉켰다. 에이노가 매력적인 선 인성할 수밖에 없었다. 하지만 오직 지원에게만 집중하는 태도가 자꾸 가시처럼 걸렸다. 자신도 "나도 같이할게."라고 말하고 싶었지만, 괜히 질투처럼 보일까 봐 꾹 삼켰다.

그때 리웨이가 끼어들었다.

"에이노! 구독자들은 주로 어느 나라 사람들입니까?"

"미국이 40%, 유럽이 30%, 아시아가 20%쯤 돼요. 근데 왜요?"

"혹시 후원사나 스폰서도 있나요?"

리웨이가 의미심장한 미소를 지으며 물었다.

"광고 수익은 있죠. 근데 그런 걸 왜 묻는 거죠?"

"그냥 궁금해서입니다."

리웨이가 무심하게 대꾸했지만, 말끝에 묘한 냉기가 느껴졌다.

"요즘은 유튜버 중에 돈을 받고 특정 메시지를 흘리는 경우도 많다고 들었습니다."

"저는 그런 일 절대 안 해요!"

에이노가 단호히 고개를 저었다.

"난 진심으로 기본소득을 믿어요."

그때 데이비드가 시계를 흘깃 보더니 말했다.

"시간이 됐군요. 버스가 기다리고 있을 겁니다."

참가자들이 하나둘씩 자리에서 일어섰다.

"지원, 호텔에서 다시 보자."

에이노가 장난스럽게 윙크했다.

"응, 그래."

지원이 환하게 웃었다. 재명은 그 웃음을 보는 순간 알 수 없는 불안에 휩싸였다. 버스로 향하는 길에 철희가 재명 쪽으로 몸을 기울이며 속삭였다.

"야, 너 지금 질투하지?"

"뭐래?"

재명이 발끈하자, 철희가 피식 웃었다.

"표정에 다 쓰여 있어. 근데 어쩌냐? 지금 에이노 눈에는 지원이 빼고 우린 다 배경인 것 같은데…."

그러다 곧 철희가 장난기를 거두고 낮은 목소리로 덧붙였다.

"근데 둘이 잘 어울리긴 해. 에이노도 겉으론 되게 괜찮아 보이긴 한데. 뭔가 석연치 않아? 도대체 이 느낌이 뭘까?"

재명은 대답하지 않았다. 철희의 말을 완전히 부정할 수는 없었기 때문이다. 에이노는 지나치게 완벽했고, 그래서 오히려 더 가짜 같았다. 그의 반짝이는 미소, 자신감 넘치는 말투, 지원에게만 향하는 눈빛까지. 모든 게 계산된 연기처럼 느껴졌다. 버스에 오르면서도 재명의 머릿속엔 리웨이가 에이노에게 던졌던 질문이 계속 맴돌았다.

'에이노한테 진짜 숨은 스폰서가 있는 걸까? 아니면 내가 그냥 질투 때문에 의심하는 걸까?'

아무리 생각해도 결론이 나지 않았다. 괜히 가슴만 더 무거워졌다. 답답한 마음에 그는 창밖으로 시선을 돌렸다. 창 너머로 펼쳐진 알래스카의 풍경은 마치 유리잔에 담긴 강물처럼 흘러가고 있었다. 눈부시게 아름다운 설산과 숲이 끝없이 이어졌지만,

재명의 마음은 오히려 점점 더 복잡한 미로 속으로 빠져들고 있었다.

 옆자리의 철희도 말없이 창밖을 바라보고 있었다. 눈빛은 멀리 있었지만, 머릿속은 분명 치열하게 움직이고 있었다. 프로젝트 오로라의 음모, 데이비드 스미스의 속내, 그리고 에이노의 정체까지, 모든 게 보이지 않는 실로 하나로 묶여 있는 듯했다. 철희는 흩어진 조각들을 하나하나 떠올리며 앞으로 자신이 해야 할 일이 뭔지 곱씹었다. 이제 중요한 건 그 퍼즐 조각들을 어떻게 연결할 수 있느냐였다.

알래스카의 빛과 그림자

알래스카 대회 참가자 전용 호텔
10월 12일 오후 3시

"와! 진짜 알래스카구나."

재명이 호텔방 창문을 활짝 열며 감탄했다. 눈 덮인 산맥이 지평선 끝까지 이어져 있었고, 침엽수림 사이사이 작은 호수들이 보석처럼 빛나고 있었다. 하늘은 그 어떤 화가도 흉내 낼 수 없을 만큼 맑고 깊은 파란빛이었다.

"5년을 기다린 보람이 있네."

재명은 넋을 잃고 그 풍경을 바라보았다. 오래전부터 꿈꿔온 순간, 책과 사진으로만 보던 알래스카가 이제는 눈앞에 있었다. 그런데도 마음이 마냥 가볍지는 않았다. 오랫동안 원했던 곳에 서 있음에도 어젯밤부터 이어진 불안과 의심이 그림자처럼 따라붙어 있었다. 감탄과 동시에 현실의 무게가 그 기쁨을 짓누르고 있었다.

철희도 창가에 서서 연신 카메라 셔터를 눌렀다. 찰칵거리는 소리는 경쾌했지만, 철희의 눈빛도 무겁기는 마찬가지였다.

'내 해킹 실력이 이런 식으로도 쓰일 수 있다는 거야…?'

중학교 시절 교육청 전산망을 뚫었던 일은 늘 자랑거리였다. 규칙을 깨뜨리는 짜릿함, 누구도 못 한 걸 해냈다는 뿌듯함이 철희에게는 일종의 무용담이었다. 하지만 '오로라 프로젝트' 문서를 본 뒤로는 그 일이 더 이상 자랑스럽지 않았다. 자기 능력이 세상을 더 편리하게 만들 수도 있지만 동시에 누군가의 음모에 이용돼 수많은 사람에게 해를 끼칠 수도 있다는 사실을 깨달았기 때문이다. 그제야 그는 자신이 가진 힘이 단순한 장난이나 호기심의 도구가 아니라 누군가에겐 무기가 될 수도 있음을 처음으로 실감했다. 그래서 마음이 무거웠다.

지원은 소파에 앉아 에이노가 보내준 핀란드 기본소득 영상을 보고 있었다.

"에이노는 영상 진짜 잘 만드네. 역시 구독자가 50만이나 되는 이유가 있어."

"뭐가 그렇게 좋아?"

재명이 시큰둥하게 물었다.

"설명을 진짜 쉽게 해. 복잡한 경제 이론도 일상적인 예시로 풀어주거든."

지원이 화면을 돌려 보여주었다. 영상 속 에이노는 헬싱키의 눈 덮인 거리에서 사람들을 인터뷰하고 있었다.

"그리고 진심이 느껴져. 돈 때문에 하는 게 아니라 정말 기본소득을 믿는 것 같아."

지원의 눈빛에는 호감이 묻어나 있었다. 재명은 그걸 느끼는 순간 가슴이 철렁 내려앉았다. 괜히 질투처럼 보일까 봐 애써 무심한 척했지만 속은 답답했다.

그때 똑똑 노크 소리가 들렸다. 지원이 대답했다.

"들어오세요."

문이 열리자, 마야와 루카스가 동시에 얼굴을 내밀었다. 두 사람은 두툼한 외투와 털모자를 단단히 챙겨 입은 상태였다. 마야는 목도리를 턱 밑까지 감았고, 루카스는 장갑 낀 손에 지도와 물통을 들고 있었다. 꼭 눈 속 탐험이라도 떠날 준비가 된 모습이었다.

"안녕! 지금 알래스카 자연 투어가 있대. 같이 갈래?"

마야가 신나서 말했다.

"자연 투어?" 철희가 고개를 들며 물었다.

"응, 데날리 산맥 투어. 원주민 가이드가 직접 안내해 준다고 하네"

루카스가 차분히 덧붙였다. 순간, 소파에 앉아 있던 재명과 지원의 눈빛이 동시에 반짝였다. 지원이 벌떡 일어나며 말했다.

"좋아, 같이 가자! 어차피 개회식은 내일이잖아."

데날리 국립공원 및 보호구역
Denali National Park and Preserve

10월 12일 오후 4시

"Welcome to Denali! (데날리에 오신 것을 환영합니다!) 저는 톰 아투크라고 합니다."

가이드는 50대 중반쯤 되어 보이는 이누이트족 남성이었다. 얼굴에 깊게 팬 주름은 고단함이 아니라 세월이 새겨놓은 지혜처럼 보였다. 그의 눈빛은 맑고 고요해, 오래된 호수처럼 깊이를 가늠하기 어려웠다.

"여러분이 지금 서 계신 이 광활한 땅이 바로 툰드라입니다. 여름이면 끝없이 펼쳐진 초록 들판이 되고, 겨울에는 순백의 눈으로 덮인 바다가 되지요."

버스에서 내린 참가자들은 모두 숨을 죽였다. 끝이 보이지 않는 평원은 지구 끝까지 이어지는 듯했고, 저 멀리 북극곰 한 마리가 유유히 걸어가고 있었다. 머리 위로는 독수리들이 바람을 타고 원을 그리며 날고 있었다.

"세상이 이렇게 넓구나!"

재명이 숨을 깊이 들이마시며 중얼거렸다.

"그러게. 이렇게 넓은 세상이 있는데 왜 사람들은 작은 땅덩어리 안에서 서로 싸우는 걸까?"

지원이 머리카락을 바람에 흩날리며 말했다. 에이노가 옆에서 덧붙였다.

"핀란드도 비슷해. 인구는 550만 명뿐인데 국토는 한국의 세 배나 되거든. 그래서 기본소득 같은 제도가 가능하다고 생각해."

"무슨 뜻이야?"

마야가 눈을 크게 뜨며 물었다.

"자원이 풍부하니까 나눌 여유가 있다는 거지. 하지만 인도처럼 인구가 많은 나라는…"

"아닙니다."

톰 가이드가 조용히 말을 끊었다. 그의 목소리는 대지만큼이나 낮고 묵직했다.

"땅이 넓다고 해서 나누기가 쉬운 것은 아닙니다."

모두의 시선이 자연스럽게 그에게 모였다.

"우리 이누이트족에게는 원래 '소유'라는 개념이 없었습니다."

"없었다고요?"

루카스가 놀라며 되물었다.

"네. 땅은 누구의 것도 아니었죠. 땅은 모든 생명체가 함께 숨 쉬는 어머니였으니까요."

톰은 두 팔을 벌려 끝없이 펼쳐진 툰드라를 가리켰다.

"사냥터도, 강의 맑은 물도, 나무에 맺힌 열매도 모두 공동의 선물이었습니다. 우리는 필요한 만큼만 취했고, 남은 것은 다음 세대를 위해 남겨두었지요. 그것이 자연의 법칙이자, 우리 삶의 지혜였습니다."

"그럼, 지금은 왜 달라진 건가요?"

철희가 조심스레 묻자, 톰의 얼굴이 굳어졌다.

"어느 날 백인들이 찾아왔습니다. 그리고 우리에게 '소유권'이라는 낯선 개념을 강제로 들이밀었지요."

그의 목소리에는, 오랜 세월 가두어둔 울분이 스며 있었다.

"그들은 말했습니다. '이 땅은 이제 미국 정부의 것이다. 너희는 이 작은 울타리 안, 보호구역에서만 살아라.' 그 순간부터 우리의 세상은 잘려 나갔습니다. 우리가 숨 쉬던 들판, 바다, 하늘까지 모두 빼앗겼습니다."

순간 누구도 말을 잇지 못했다. 툰드라를 스치는 바람 소리만이 허공을 맴돌았다.

"그때부터 우리는 가난해졌습니다."

"가난해졌다고요?"

재명이 믿기 힘들다는 듯 묻자, 톰은 말없이 하늘을 올려다보았다. 그의 눈빛은 북극의 별처럼 차갑고, 동시에 잃어버린 자유를 그리워하는 듯 흔들렸다.

"예전에는 온 세상이 우리 집이었습니다. 어디든 갈 수 있었고, 필요한 것은 대지와 바다, 하늘이 주었지요. 그 속에서 우리는 자유로웠고, 풍요로웠습니다. 진짜 부유함은 땅을 소유하는 게 아니라 자연과 함께 살아가는 데 있었으니까요."

"그럼, 지금은요?"

지원이 낮은 목소리로 물었다.

"지금은 좁은 땅에 갇혀 정부가 주는 지원금으로 연명하고 있습니다. 매달 일정 금액을 받지만, 조건이 붙어 있지요. 보호구역을 벗어나면 안 되고, 전통 사냥도 마음대로 할 수 없습니다."

톰은 고개를 저었다.

"겉으로는 지원 같아 보이지만, 사실은 통제입니다. 돈을 주는 대신 자유를 빼앗은 겁니다. 우리는 그런 거래를 원하지 않습니다."

지원이 주먹을 꼭 쥐며 말했다.

"그건 기본소득이 아니야. 진짜 기본소득은 사람을 자유롭게 하는 거잖아."

톰은 잠시 눈을 감았다가 천천히 끄덕였다.

"맞습니다. 우리가 원하는 건 예전처럼 자유롭게 숨 쉴 수 있는 권리예요. 돈이 아니라 자유. 그 자유를 되찾고 싶은 겁니다."

그 말은 철희의 가슴에 깊숙이 파고들었다.

'진짜 기본소득이란 뭘까? 난 지금까지 뭘 위해 이 운동을 한다고 믿었던 거지?'

곰곰이 떠올리자 부끄러움이 밀려왔다. 초등학교 때는 그저 오로라를 보고 싶다는 재명을 돕고 싶어서 시작했다. 중학교 때는 사춘기 반항심에, '멋있어 보이고 싶다.', '세계적인 일을 하고 싶다.'라는 허영심에 휩쓸려왔다. 정작 기본소득이 왜 필요한지, 누구를 위한 제도인지 진지하게 생각해 본 적이 단 한 번이라도 있었던가?

철희의 입안이 바짝 말랐다. 자신이 붙들고 있던 '운동가'라는 이름이 껍데기처럼 느껴졌다. 지금껏 외쳐온 말들이 공허한 메아리에 불과했던 건 아닐까. 그는 창백한 얼굴로 톰의 말을 곱씹었다. 돈보다 중요한 건 자유, 자유 없는 기본소득은 껍데기에 불과했다.

그제야 철희는 처음으로 스스로에게 물었다.

'나는 왜 이 길에 서 있는 거지? 나는 정말 무엇을 믿고 싶은 걸까?'

수많은 질문이 파도처럼 밀려들었다. 그때 리웨이가 조심스럽게 입을 열었다.

"그렇다고 예전으로 돌아갈 수는 없잖아요. 이제는 문명이 발달했으니까요."

마야가 곧바로 반박했다.

"문명이 발달했다고 해서 자유를 포기해야 한다는 거야?"

잠시 정적이 흘렀다. 그러나 마야는 곧 목소리를 다잡았다.

"인도에서도 비슷한 일이 있었어. 개발이라는 이름으로 원주민들의 땅을 빼앗고, 대신 작은 보상금만 던져줬거든."

"바로 그거야!"

철희가 손을 꽉 쥐며 말했다. 이번에는 허세가 아닌 진심이었다.

"문제는 돈이 아니라 선택권이 없는 거라고."

톰은 잠시 고개를 끄덕이더니, 멀리 산자락을 바라보았다.

"맞습니다. 자유를 빼앗기는 건 우리 삶만이 아닙니다. 자연도 마찬가지지요."

그는 손을 뻗어 저 멀리 빙하를 가리켰다. 햇빛을 받아 은빛으로 빛나는 얼음은 눈부셨지만, 생각보다 훨씬 작아 보였다.

"보이시나요? 예전보다 빠르게 줄어들고 있습니다."

그의 목소리에는 깊은 한숨이 묻어 있었다.

"기후변화 때문이에요?"

지원이 물었다.

"네. 제가 어렸을 적만 해도 저 빙하는 지금보다 두 배는 컸습니다. 거대한 성벽처럼 웅장했지요. 하지만 이제는 해마다 녹아내려 강이 달라지고 사냥터도 바뀌었습니다. 조상들이 수천 년 동안 쌓아온 지혜가 점점 쓸모없어지고 있어요."

"그것도 공유부가 무너지는 거네."

에이노가 낮게 중얼거렸다.

"공유부?"

재명이 고개를 갸웃했다.

"응. 모두가 함께 써야 하는 자원이야. 공기, 물, 기후 같은 거. 이게 무너지면 결국 전 세계가 피해를 보게 되지."

지원이 고개를 끄덕이며 덧붙였다.

"맞아. 기후변화는 부자든 가난한 사람이든 가리지 않고 모두한테 영향을 미치니까."

마야가 쓴웃음을 지으며 말을 보탰다.

"하지만 피해는 같지 않아. 부자들은 에어컨 있는 집에서 버티면 되지만, 가난한 사람들은 맨몸으로 더위를 견뎌야 하잖아."

그 순간 알래스카의 차가운 바람이 불어왔다. 살을 파고드는 바람에 모두가 옷깃을 끌어 올렸다. 10월 중순의 알래스카는 낮과 밤의 온도 차가 유난히 컸다.

"춥네요. 호텔로 돌아가죠."

루카스가 어깨를 움츠리며 말했다. 호텔로 향하는 길에 재명은 잠시 뒤를 돌아보았다. 아까는 장엄하게 느껴졌던 툰드라가 이제는 세찬 바람 속에서 쓸쓸히 흔들리는 듯 보였다.

호텔 식당

10월 12일 저녁 7시

호텔로 돌아온 참가자들은 식당에 모였다. 커다란 벽난로에서 불꽃이 타닥타닥 소리를 내며 따뜻한 빛을 퍼뜨렸다. 긴 하루를 보낸 아이들은 삼삼오오 모여 앉아 다른 나라 친구들과 함께 식사를 했다. 고소한 수프 향이 퍼지고, 웃음과 다양한 언어가 섞이며 로비는 마치 작은 지구촌처럼 활기를 띠었다.

"난 스위스에서 온 안나야."

금발을 단정히 묶은 소녀가 고운 미소로 자기소개를 했다. 목소리에는 약간의 긴장과 단정한 기품이 묻어 있었다.

"스위스? 그럼, 기본소득 국민투표 얘기 잘 알겠다."

에이노가 눈을 반짝이며 물었다. 그러자 안나의 얼굴이 잠시 어두워졌다.

"응. 여전히 가슴 아픈 기억이야."

"뭐가 그렇게 아픈데?"

재명이 고개를 갸웃했다.

안나는 깊은 한숨을 내쉬며 천천히 말했다.

"2016년에 스위스에서 기본소득 국민투표가 있었어. 전 세계가 관심을 두고 지켜봤지. 하지만 결과는 77%가 반대였어."

"뭐? 77%가 반대했다고?"

새명이 놀라 목소리를 높였다.

"맞아. 지지자들에겐 정말 안타까웠지."

지원도 눈을 크게 뜨고 물었다.

"왜 그렇게 반대가 많았던 걸까?"

안나는 잠시 생각하다가 말을 이었다.

"사람들이 반대한 이유는 여러 가지였어. 먼저, 재정 부담에 대한 막연한 두려움이 컸지. 국민투표에서는 구체적인 금액을 정하지 않았는데도, 사람들은 '나라가 돈이 모자라서 망할지도 몰라'라고 생각했거든. 마치 친구가 갑자기 학교 전체에 간식을 다 나눠주겠다고 해서, '우리 반 돈이 모자라서 큰일 나겠다'라고 걱정하는 느낌과 비슷했어."

철희가 눈을 반짝이며 물었다.

"사람들이 일을 안 할 거라는 걱정도 있었던 것 아닐까?"

"맞아. 우리 스위스 사람들은 근면과 성실을 정말 중요하게 생각하거든. '돈을 그냥 받으면 사람들이 게을러진다'라는 공포심이 퍼진 거지. 하지만 실제 다른 나라 실험에서는 오히려 사람들이 자신이 하고 싶은 일이나 사회에 이바지하는 활동을 더 찾았어. 그러니까 걱정과 현실 사이에는 큰 차이가 있었던 거지."

재명이 고개를 갸우뚱하며 물었다.

"또 다른 이유도 있어?"

"응. 우리나라는 이미 잘 갖춰진 복지제도가 있거든. 실업수당, 아동수당, 주거 지원까지 다양한 안전망이 있지. 많은 사람이 '기존 제도보다 기본소득으로 얻는 게 그렇게 크지 않다'라고 느낀 거야. 마치 이미 맛있는 케이크가 있는데, 새로 나온 초코칩 쿠키가 그만큼 특별하지 않으면 굳이 바꾸고 싶지 않은 느낌과 비슷해."

지원이 고개를 끄덕였다.

"그렇다고 완전히 실패한 건 아니잖아?"

"맞아."

안나가 미소 지으며 말했다.

"국민투표가 사실 캠페인 성격이었고, 목표는 단순히 '기본소득이 무엇인지 알리는 것'이었거든. 체계적인 준비와 공감대 확산이 부족했던 건 아쉽지만, 사람들이 처음으로 기본소득을 접하고 친구나 가족과 토론하게 만든 것만으로도 의미 있었어. 그리고 스위스는 언제든 국민투표를 다시 할 수 있는 특별한 정치 구조로 되어 있어. 준비하고 공감대를 쌓으면 언제든 기회가 다시 오는 거지."

재명이 눈을 반짝이며 말했다.

"그러니까 지금은 조금 아쉽지만, 앞으로 또 도전할 수 있는 발판을 만든 셈이네."

"바로 그거야."

안나가 다정하게 미소 지었다.

"중요한 건 포기하지 않고 계속 이야기하는 거야. 기본소득은 단순히 돈을 주는 문제가 아니라, 사람들이 서로를 얼마나 신뢰하고 이해하는지 보여주는 일이니까. 우리가 계속 이야기하고 보여주면, 언젠가는 더 많은 사람이 그 의미를 이해할 거야."

재명이는 안나의 말을 듣고 천천히 고개를 끄덕였다.

"그럼, 우리도 여기서부터 시작하면 되는 거네. 작은 한 걸음씩."

"맞아! 한 걸음 한 걸음이 결국 변화를 만드는 거야."

모두 각자 자기 나라에서 기본소득을 도입했을 때 벌어질 반응을 떠올리고 있었다. 그때 따끈하게 끓인 스튜의 향이 은은하게 식당 안을 채우며 코끝을 스쳤다. 그 향기는 왠지 모르게 마음을 편안하게 만들고, 긴장으로 뭉친 어깨를 풀어주었다. 그 순간 새로운 목소리가 불쑥 들려왔다.

"저는 카를로스입니다. 브라질에서 왔습니다."

쾌활한 미소를 지닌 까무잡잡한 청년이 손을 흔들었다.

"안녕하세요, 카를로스. 브라질은 어떤가요?"

마야가 눈을 반짝이며 물었다. 모두의 시선이 카를로스에게 쏠렸다.

"모순투성이입니다."

카를로스가 피식 웃었다. 그러나 웃음은 금세 사라지고 얼굴이 굳어졌다.

"사실 우리나라 헌법에는 기본소득이 명시돼 있습니다."

"네? 헌법에까지요?"

재명이 놀라 자리에서 몸을 앞으로 숙였다.

"와, 대단하네요!"

지원도 믿기지 않는다는 듯 눈을 크게 떴다.

"네. 2004년에 시민 기본소득법이 통과됐습니다. 전 세계 최초였죠. 하지만"

카를로스의 목소리가 갑자기 높아졌다.

"20년이 지난 지금도 그건 여전히 글자에 불과합니다. 국민 누구도 실제로 기본소득을 받아본 적이 없어요."

"법까지 통과됐는데, 왜요?"

마야가 다급히 물었다.

"그게 바로 정치 때문입니다!"

카를로스가 주먹을 움켜쥐었다.

"정권이 바뀔 때마다 말이 달라지거든요. 어떤 대통령은 '일자리 창출이 먼저다.', 또 다른 대통령은 '교육이 우선이다.'라고 하죠. 결국 기본소득은 늘 뒤로 밀려나 버립니다."

루카스가 무겁게 한숨을 내쉬었다.

"그럼 영원히 실행이 안 되는 거네요."

"아닙니다. 그래서 제가 여기 온 겁니다!"

카를로스가 목소리를 높이며 주먹을 번쩍 들어 올렸다.

"청소년과 젊은 세대가 직접 목소리를 내야 합니다. 어른들만 믿고 기다린다면 우리는 늙어 죽을 때까지 아무것도 얻지 못할 겁니다!"

"카를로스 말이 맞아요!"

철희도 힘주어 외쳤다.

"한국도 똑같아요. 어른들은 늘 '나중에, 나중에' 하면서 미루기만 해요."

하지만 그 말을 내뱉으면서도 철희의 가슴은 흔들렸다. '너는 세상을 너무 단순하게 본다.'라는 할아버지의 말이 떠올랐다. 혹시 그 말에도 일리가 있는 건 아닐까?

그때 리웨이가 손을 들며 끼어들었다.

"하지만 너무 급진적으로 하면 안나가 겪은 것처럼 실패할 수도 있습니다."

"실패라니요?"

카를로스가 눈을 부릅떴다.

리웨이는 차분히 대답했다.

"중국은 한 번에 다 바꾸지 않았습니다. 작은 변화부터 시작해 조금씩 쌓아 올렸습니다. 그게 더 현실적이고 안전합니다."

안나도 고개를 끄덕이며 거들었다.

"맞아요. 스위스에서 반대가 그렇게 많았던 이유도 너무 급진적이었기 때문이에요."

그러자 지원이 목소리를 높였다.

"근데 너무 점진적이면 결국 아무 일도 안 일어나잖아요! 브라질이 딱 그래요. 법만 있고 실행은 없는 상황이 지금도 계속되고 있다고요!"

순간 식당의 공기가 뜨겁게 달아올랐다. 목소리들이 벽난로 불빛에 부딪히듯 팽팽하게 맞섰고, 누구도 쉽게 물러서지 않았다. 그때 에이노가 손을 들어 말을 잘랐다.

"정치는 결국 타이밍이에요. 적절한 순간에 강하게 밀어붙이지 않으면 기회는 사라져 버리죠."

재명은 각국의 서로 다른 경험을 들으며 머릿속이 복잡해졌다. 정답은 없었다. 나라마다 처한 상황이 달랐고, 해법도 달랐다. 철희 역시 비슷한 생각에 잠겨 있었다.

'내가 지금까지 너무 단순하게만 생각한 건 아닐까? 기본소득은 그냥 막연히 좋은 거라고만 믿었던 건데….'

그 순간 에이노가 갑자기 지원 쪽으로 몸을 기울였다. 목소리는 낮았지만 단호했다.

"지원, 잠깐 얘기 좀 할 수 있을까?"

"지금?"

지원이 눈을 크게 떴다.

"응. 중요한 얘기야."

재명의 심장이 철렁 내려앉았다. 이유는 알 수 없었지만, 가슴이 답답하고 숨이 막히는 느낌이었다. 두 사람이 식당 구석으로 걸어가는 모습이 눈앞에서 멈추지 않고 계속 아른거렸다. 재명은 눈을 떼려 했지만, 자꾸만 시선이 그쪽으로 향했다.

"저 둘 뭐 하는 거야?"

철희가 작은 소리로 속삭였다.

"몰라."

재명은 시큰둥하게 대답했지만, 표정은 굳어 있었다. 철희가 히죽 웃으며 재명의 어깨를 툭 쳤다.

"야, 네 얼굴이 다 말해주는데? 완전 관심 폭발이거든."

재명은 아무 말도 하지 않았다. 하지만 그의 눈은 이미 두 사람에게 고정돼 있었다. 시선 속에는 의심과 초조, 그리고 질투가 얽혀 있었다. 멀찍이 떨어진 곳에서 에이노와 지원은 심각한 얼굴로 대화를 나누고 있었다. 에이노는 마치 비밀을 털어놓듯 신중한 얼굴이었다.

"내일 밤, 꼭 전하고 싶은 이야기가 있어. 정말 중요한 얘기야."

"뭔데? 지금 말해주면 안 돼?"

지원이 고개를 갸웃했다.

"아직은 안 돼. 하지만 넌 알아야 해. 위험한 진실이거든."

"나만 들어야 하는 거야?"

"그래. 당장은 너만 아는 게 좋아."

재명은 가슴이 답답해지는 걸 느꼈다. 멀리서 바라보는 것만으로도 질투와 불안이 그의 가슴을 옥죄었다.

잠시 후 지원이 돌아왔다. 얼굴엔 설명하기 힘든 그림자가 드리워져 있었다. 무거운 짐을 홀로 안은 듯한 표정이었다.

"뭐래?"

철희가 재빨리 물었다.

"별거 아니야. 그냥 내일 인터뷰 얘기래."

지원은 아무렇지 않은 척했지만, 목소리는 떨리고 있었다. 그게 단순한 인터뷰가 아니라는 건 누구나 눈치챌 수 있었다. 재명은 속으로만 중얼거렸다.

'왜 하필 지원한테만 얘기하는 거지? 왜 내일 밤이어야 해?'

불안이 꼬리에 꼬리를 물며 가슴을 짓눌렀다. 철희는 다른 친구들의 토론에 귀를 기울이면서도 마음 한쪽으로는 자신을 돌아보고 있었다.

'나는 왜 이 자리에 있는 거지? 정말 사람들을 돕고 싶어서일까? 아니면 그냥 할아버지한테 반항하고 싶었던 걸까? 지금 흔들리는 재명을 보니까, 나도 사실 다르지 않은 것 같은데.'

식당을 나온 각국 청소년들은 로비의 벽난로 앞에서 열띤 토론을 이어갔다. 하지만 재명의 머릿속엔 오직 에이노와 지원의 은밀한 대화만 맴돌았다. 그의 마음은 뒤엉킨 감정으로 무겁게 눌려 있었다.

알래스카의 첫날 밤은 그렇게 깊어졌다. 창밖에선 북쪽 바람이 차갑게 불었고 눈부신 설산과 드넓은 툰드라는 어둠 속에 잠겼다. 아이들의 마음속 물음은 밤하늘의 별빛처럼 끝없이 번져갔다.

개회식과 기본소득의 현실

앵커리지 컨벤션센터
10월 13일 오전 9시

"와, 드디어 시작이다!"

재명이 컨벤션센터 앞에 서서 감탄했다. 건물 전면에는 거대한 현수막이 걸려 있었다.

"WELCOME TO THE WORLD YOUTH BASIC INCOME CONFERENCE! (세계 청소년 기본소득 대회에 오신 것을 환영합니다!)"

현수막 아래로는 87개국의 국기들이 줄지어 펄럭이고 있었다. 바람에 휘날리는 깃발들은 파도처럼 물결치며 장관을 이루었다. 각국에서 온 참가자들은 삼삼오오 모여 사진을 찍고 서로의 국기를 가리키며 즐겁게 이야기했다. 카메라 셔터 소리와 웃음소리, 다양한 언어가 뒤섞여, 컨벤션센터 앞은 작은 세계 축제의 광장 같았다. 오 년을 기다려온 순간이 마침내 눈앞에 펼쳐진 것이다.

"정말 꿈만 같다!"

지원이 눈을 반짝이며 말했다.

"얘들아, 나 사진 좀 찍어줘."

철희가 휴대전화를 건네자, 재명이 셔터를 눌렀다. 한국 대표들도 세계의 친구들과 함께 개막을 축하했다. 컨벤션센터 안으로 들어서자, 바깥보다 더 화려한 풍경이 펼쳐졌다. 전통 의상을 입은 청소년들이 서로의 사진을 찍어주거나 반갑게 악수하고 있었다. 여기저기서 다양한 언어의 인사말이 오갔다.

"Hello! We're from Korea!"

지원은 환하게 웃으며 다가가 인사했다. 그녀의 밝은 에너지가 주변을 단번에 환하게 밝혔다.

앵커리지 컨벤션센터
10월 13일 오전 10시

웅장한 관현악 연주가 울려 퍼지며 개회식의 막이 올라갔다. 무대 위로 알래스카 주지사가 등장하자 박수 소리가 천둥처럼 터져 나왔다.

"전 세계에서 모인 미래의 리더 여러분, 알래스카에 오신 것을 환영합니다!"

그의 목소리는 자부심으로 가득 차 있었다.

"알래스카는 세계에서 가장 오래된 기본소득 제도를 시행하고 있는 곳입니다. 1982년부터 시작된 알래스카 영구기금 배당금은 올해로 44년째를 맞고 있습니다."

순간 참가자들 사이에서 감탄이 터져 나왔다. 44년, 누구도 쉽게 따라갈 수 없는 숫자였다.

"더욱이 오늘은 바로 올해 배당금 지급일입니다. 오늘 오후에는 실제 지급 현장을 직접 견학하게 될 것입니다."

환호성이 회장을 가득 메웠다. 하지만 철희는 무대 뒤편에서 데이비드 스미스가 누군가와 짧게 대화를 나누는 모습을 보고 불안해졌다. 그의 눈빛은 웃음을 띠고 있었지만, 안쪽 깊숙이 서늘한 그림자가 번지고 있었다.

이어 무대에 오른 사람은 대회 조직 위원장, 데이비드 스미스였다. 그는 늘 그렇듯 완벽하게 다듬어진 미소를 지었지만, 철희의 눈에는 그것이 차갑고 계산적인 가면으로만 보였다.

"젊은 친구들, 기본소득은 더 이상 미래의 꿈이 아닙니다. 이미 현실입니다."

스미스의 목소리는 힘차고 단호했다.

"그렇기에 기본소득은 현실 가능하고, 계속 유지될 수 있도록 설계되어야 합니다. 경제에 부담을 주지 않는 선에서 말이죠."

말뜻은 겉으로는 명확했지만, 그 속에는 분명한 의도가 숨어 있는 듯했다. 재명은 마음 한편이 묘하게 불편했다. 단순한 설명을 넘어 청소년들을 특정 방향으로 이끌려는 은근한 압박이 느껴졌다. 하지만 재명의 마음을 더 복잡하게 만든 건 따로 있었다. 지원이 에이노를 바라보는 눈빛이 어제와 달리 깊어져 있었다. 오늘 밤 단둘이 만난다는 사실이 다시 떠오르자, 가슴이 저릿했다. 그때 브라질에서 온 카를로스가 자리에서 일어나 단호히 물었다.

"경제에 부담을 주지 않아야 한다는 말은 구체적으로 무슨 뜻입니까?"

스미스는 조금도 당황하지 않고 여유로운 미소로 답했다.

"말 그대로입니다. 기본소득의 목적은 자본주의 시장경제가 원활히 돌아가도록 돕는 데 있습니다. 사람들이 소비를 멈추면 경제도 멈춥니다. 기본소득은 소비를 유지하기 위한 최소한의 장치일 뿐입니다. 그 이상이 되어서는 곤란합니다."

순간 대회장에 정적이 흘렀다. 그리고 곧 카를로스가 목소리를 높였다.

"아니요! 우리가 주장하는 기본소득은 단순히 자본주의를 연명시키기 위한 수단이 아닙니다. 그것은 공유부에 대한 시민들의 권리에서 비롯된 겁니다! 기본소득은 사람들에게 실질적인 자유를 주고, 민주주의를 더 단단히 세우는 기초가 될 수 있습니다!"

우레 같은 박수와 환호가 터져 나왔다. 청소년들의 얼굴에는 동의와 감동이 번졌다. 철희의 가슴도 시원하게 뚫렸다. 그는 휘파람을 불며 카를로스를 응원했다. 그러나 열기가 고조되는 사이 스미스의 얼굴이 일그러졌다. 그는 고개를 숙여 표정을 숨기더니 곧 휴대전화를 꺼내 짧고 날카로운 영어 단어들을 내뱉었다. 그의 입술은 단단히 다물려 있었지만, 눈빛은 매섭게 번뜩였다. 통화를 끝낸 그는 곧장 단상을 내려와 출구 쪽으로 발걸음을 옮겼다. 급히 자리를 떠나는 그의 뒷모습엔 어두운 그림자가 드리워져 있었다. 재명은 그 모습을 지켜보며 알 수 없는 서늘함에 사로잡혔다. 조금 전까지만 해도 축제 같던 개회식 현장이 이제는 알 수 없는 음모의 무대처럼 보였다.

알래스카 영구 기금 본부
10월 13일 오후 1시

점심 식사 후 참가자들은 버스를 타고 앵커리지 시내로 향했다. 첫 목적지는 알래스카 영구기금 본부였다.

"와, 여기서 진짜 기본소득을 관리하는구나."

안나가 건물을 올려다보며 감탄했다. 견학이 시작되었는데도 재명의 시선은 자꾸 지원과 에이노에게로 향했다. 둘이 나란히 서서 설명을 듣는 모습은 묘하게 잘 어울려 보였다. 에이노가 고개를 끄덕이며 지원에게만 조곤조곤 말을 거는 순간마다 재명의 가슴은 답답함으로 가득 찼다.

"알래스카 영구기금은 1976년에 설립됐습니다. 석유 수익의 25%를 적립해 만든 기금이죠."

관계자의 목소리가 이어졌지만, 재명은 반쯤만 들렸다. 머릿속에서는 같은 생각만 맴돌았다.

'오늘 밤 둘이 무슨 얘기를 하려는 걸까? 왜 하필 지원에게만'

그때 루카스가 손을 들어 질문했다.

"현재 기금 규모는 얼마나 됩니까?"

"약 800억 달러입니다. 이 기금의 투자 수익으로 매년 모든 알래스카 주민에게 배당금을 지급합니다."

"올해는 얼마를 받나요?"

"올해는 1인당 1,000달러입니다. 작년에는 약 1,700달러였는데 올해는 안타깝게도 많이 줄었습니다."

"와!"

순간, 여기저기서 감탄사가 터셨다. 참가자늘의 얼굴에는 놀라움과 부러움이 동시에 번졌다.

"그냥 알래스카에 산다는 이유만으로 1,000달러를 받다니, 믿기지 않아!"

* * *

안나가 눈을 크게 떴다.

"가족이 네 명이면 한국 돈으로 올해 560만 원 정도를 받네! 작년 같은 경우는 950만 원을 받았고."

철희가 재빨리 계산해 덧붙였다.

"맞습니다. 신생아부터 노인까지, 소득이나 재산과 상관없이 모든 주민이 받습니다."

순식간에 참가자들 사이가 들썩였다. 누군가는 자기 나라에도 이런 제도가 있으면 좋겠다고 말했고, 또 다른 친구는 그 돈으로 여행을 가고 싶다며 장난을 쳤다. 로비는 작은 장터처럼 활기로 가득 찼다.

앵커리지 시청 앞 광장 (기본소득 지급 현장)
10월 13일 오후 3시

참가자들은 앵커리지 시청 앞 광장에 도착했다. 이미 수백 명의 알래스카 주민들이 줄을 이루고 있었다. 광장 곳곳에서는 음악이 흘렀고, 아이들이 풍선을 들고 뛰어다니며 환한 웃음을 터뜨렸다. 기다림 속에서도 대화와 웃음이 이어져 마치 한바탕 축제를 방불케 했다.

"와, 저기 좀 봐."

마야가 손가락으로 줄을 가리켰다. 깔끔한 정장을 차려입은 사업가, 작업복을 입은 어부, 전통 의상을 곱게 걸친 이누이트 할머니, 유모차를 끄는 젊은 엄마까지—남녀노소, 직업과 배경이 제각각인 사람들이 어깨를 나란히 하고 서 있었다. 모두가 오늘을 기다려온 듯 얼굴 가득 기대와 설렘이 묻어났다.

"실례합니다."

재명이 줄에 서 있던 한 남성에게 다가갔다.

"저희는 기본소득 대회 참가자들인데 몇 가지 여쭤봐도 될까요?"

"물론이죠!"

남성이 환하게 웃으며 손을 내밀었다.

"저는 톰 헨더슨입니다. 어부예요."

지원이 눈을 반짝이며 물었다.

"기본소득을 받으신 지는 얼마나 되셨어요?"

"25년쯤 됐네요. 알래스카에 정착한 이후로 매년 받아왔습니다."

"그럼, 생활에 어떤 변화가 있었나요?"

절희가 진지하게 묻자, 톰은 잠시 하늘을 바라보다 대답했다.

"좋은 점도 있고, 아쉬운 점도 있죠."

"아쉬운 점이요?"

참가자들이 동시에 고개를 갸웃했다.

"좋은 점은 안정감이에요. 어업이 불황일 때도 최소한의 생활비를 마련할 수 있으니까요. 하지만 금액이 적은 편입니다. 1,000달러 정도로는 한 달 살기도 빠듯하거든요. 게다가 매년 금액이 달라서 예측하기도 어렵습니다."

참가자들은 고개를 끄덕이며 그의 말을 곱씹었다. 그때 또 다른 주민이 다가왔다.

"안녕하세요? 저는 마리아 로페즈예요. 3년 전 텍사스에서 이사 왔습니다."

까무잡잡한 피부의 히스패닉 여성이 따뜻한 미소를 지으며 인사했다.

"혹시 기본소득 때문에 이사 오신 건가요?"

루카스가 호기심 어린 눈빛으로 물었다.

"부분적으로는 그렇죠. 하지만 기대했던 만큼은 아니었어요."

"어떤 점에서요?"

지원이 조심스레 되물었다.

"알래스카는 물가가 다른 지역보다 조금 높아요. 1,000달러를 받는다고 해도 다른 지역보다 생활비가 더 들어서 큰 여유가 생기진 않죠."

마야가 고개를 끄덕이며 맞장구쳤다.

"그래도 없는 것보단 훨씬 낫겠네요?"

"그럼요."

마리아가 환하게 웃었다.

"특히 아이들이 있어서 더 고마워요. 제 딸 둘도 각각 배당금을 받거든요. 그 돈으로 학용품을 사고 학원비도 낼 수 있으니 정말 큰 도움이 되죠."

원주민 마을 방문
10월 13일 오후 4시

다음 목적지는 앵커리지 외곽에 있는 작은 이누이트 마을이었다. 어제 자연 투어에서 만났던 톰 아투크가 다시 안내를 맡았다.

"어제 본 친구들이네요!"

톰이 반갑게 손을 흔들었다.

"이번에는 알래스카 기본소득이 어떤 의미인지, 조금 다른 이야기를 들을 수 있을 겁니다."

마을에 들어서자, 전통 가옥들이 옹기종기 모여 있었고 회관 앞에는 원주민 어르신들이 참가자들을 기다리고 있었다. 바람은 차가웠지만 그들의 눈빛은 따뜻했다. 잠시 후 마을 족장 조셉 아나크툭이 천천히 입을 열었다.

"우리에게 영구기금 배당금은 단순한 돈이 아닙니다. 아주 복잡한 의미를 지니고 있지요."

"어떤 의미인데요?"

카를로스가 물었다. 조셉은 잠시 먼 산을 바라보다가 낮고 깊은 목소리로 이어갔다.

"우리 조상들은 땅과 바다, 하늘을 함께 나누며 살았습니다. 자연이 곧 기본소득이었지요. 필요한 만큼만 취하고 남은 것은 다음 세대를 위해 남겨두는 삶이었습니다."

조셉의 말에 사람들은 조용히 고개를 끄덕였다.

"하지만 백인들이 와서 우리 땅을 빼앗아 갔습니다. 그리고 그 땅에서 석유를 캐내 돈을 벌고 이제는 일부를 돌려주는 형태로 배당금을 주고 있는 겁니다."

재명이 조심스럽게 말했다.

"그래서 기분이 복잡하신 거군요."

조셉은 씁쓸하게 웃었다.

"맞습니다. 원래는 우리 것이었는데… 배당금을 받으면서도 이게 진짜 돌려받는 건지, 아니면 은혜 베풀듯 건네는 건지 헷갈릴 때가 있습니다."

그때 옆에 있던 젊은 원주민 청년이 환한 얼굴로 나섰다.

"안녕하세요? 누르크 토마스입니다. 사실 저는 기본소득의 도움을 많이 받은 사람이에요."

사람들의 시선이 자연스레 그에게 향했다.

"구체적으로 어떤 도움을 받았나요?"

안나가 눈을 반짝이며 물었다.

"저는 이 돈 덕분에 대학에 갈 수 있었습니다. 지금은 전통문화를 보존하는 일을 하고 있어요. 배당금으로 카메라 장비를 마련해 어르신들의 이야기를 기록하고 있습니다. 이누이트 언어로 전해 내려오는 옛 설화들을요."

"와, 진짜 멋지다!"

철희가 감탄했다. 토마스는 잠시 미소를 지은 뒤, 목소리를 낮췄다.

"만약 매달 꾸준한 기본소득이 있다면 생계 걱정에 쫓기지 않고 이런 문화 사업에 더 집중할 수 있었을 겁니다. 저희에게 기본소득은 단순한 돈이 아니라 우리의 뿌리를 이어가는 힘입니다."

그의 말에 회관 안은 잠시 고요해졌다. 어르신들은 고개를 끄덕였고, 참가자들은 저마다 깊은 생각에 잠겼다.

"듣고 보니 배당금이 꼭 돈 이상의 의미를 갖는 것 같아요."

안나가 조용히 말했다.

"생활을 돕는 동시에 문화와 전통까지 지켜낼 수 있는 거네요."

마야가 덧붙였다. 그 옆에서 철희가 재명에게 속삭였다.

"그러고 보면 돈의 액수보다 더 중요한 건 선택을 가능하게 해 준다는 건지도 몰라. 그게 바로 기본소득의 진짜 힘인 것 같아."

재명은 천천히 고개를 끄덕였다.

'한국에서도 단순히 돈을 나눠주는 걸 넘어 모두가 자유롭게 꿈꿀 수 있는 기본소득을 만들 수 있을까?'

창밖으로 상쾌한 바람이 불었다. 마치 대지가 오래된 비밀을 조용히 들려주는 듯했다.

캐나다와 미국의 기본소득 실험 발표 현장
10월 13일 저녁 7시

저녁 식사 후, 컨벤션센터에서는 특별 발표회가 열렸다. 이번 주제는 캐나다와 미국에서 실제로 진행된 기본소득 실험 사례였다. 첫 번째 발표는 캐나다 온타리오주의 시범 사업이었다.

"2017년부터 2018년까지 온타리오에서 기본소득 실험이 있었지만, 정권이 바뀌면서 중단되고 말았습니다."

캐나다 토론토대학교의 제이미 스튜어트 교수가 차분히 설명을 이어갔다.

"하지만 단 일 년의 실험만으로도 의미 있는 결과들을 얻을 수 있었습니다."

지원이 손을 들었다.

"어떤 결과가 있었나요?"

교수는 미소 지으며 대답했다.

"수혜자들의 스트레스가 크게 줄었고 의료비 지출도 감소했습니다. 특히 정신 건강과 관련된 비용이 확 줄었죠."

이번에는 독일에서 온 루카스가 질문했다.

"그럼, 일을 하려는 의욕은 어떻게 됐나요? 혹시 줄어든 건 아니죠?"

"아닙니다. 오히려 늘었습니다. 생존에 대한 불안이 사라지니까 더 창의적이고 도전적인 일을 시도하게 됐습니다."

두 번째 발표는 미국 캘리포니아 스톡턴시의 실험이었다. 마이클 터브스 전 시장이 화상 화면에 등장했다.

"스톡턴에서는 2019년부터 2년 동안 125명에게 매달 500달러를 지급했습니다."

그의 목소리는 확신에 차 있었다.

"결과는 놀라웠습니다. 수혜자의 78%가 받은 돈을 식료품과 공과금 같은 꼭 필요한 곳에 썼습니다."

철희가 손을 번쩍 들었다.

"혹시 술이나 담배 같은 데 쓴 사람은 없었나요?"

터브스 시장은 고개를 저으며 답했다.

"전체의 1%도 되지 않았습니다. 사실 그건 기본소득 때문이 아니라, 어디서든 있을 수 있는 문제였죠. 오히려 '가난한 사람들은 돈을 잘못 쓸 거다.'라는 편견이 깨진 겁니다."

세 번째 발표는 미국 켄터키주의 사례였다.

"켄터키는 석탄 산업이 무너지면서 경제가 아주 어려워졌습니다. 그래서 지역 경제를 살리기 위해 기본소득을 도입했죠."

켄터키대학교 연구팀이 설명을 이어갔다.

"6개월 동안 매달 1,000달러를 지급했는데, 그 결과 지역 소상공인들의 매출이 평균 23%나 늘었습니다."

"와, 진짜요?"

브라질의 카를로스가 놀란 얼굴로 물었다.

"네, 기본소득이 지역 경제에 실제로 순환 효과를 준 겁니다."

발표가 끝난 뒤 참가자들은 삼삼오오 모여 소감을 나누며 호텔로 돌아갔다. 버스에서 창밖을 바라보던 재명은 다시금 지원과 에이노 쪽으로 눈길이 갔다. 둘은 나란히 앉아 웃으며 대화를 이어가고 있었다.

"지원, 오늘 정말 많은 걸 배웠어. 오늘 밤 약속, 잊지 않았지?"

에이노가 살짝 웃으며 물었다.

"응. 나도 기대돼. 특히 원주민 마을에서 들은 얘기가 아직도 마음에 남아. 조금 있다가 무슨 얘기를 나눌지 궁금해."

지원이 환하게 웃으며 대답했다. 재명은 두 사람의 모습을 보며 가슴 한쪽이 서늘하게 식어갔다. 늘 자신 곁에서 생글거리던 지원의 얼굴을 이제는 멀리서만 봐야 할 것 같았다. 반대로 지원과 에이노의 대화는 점점 더 깊어지고 있었다. 호텔 앞에 도착하자 졸던 참가자들이 가방을 챙기며 하나둘 자리에서 일어났다.

로비로 들어서는 순간, 재명이 철희에게 낮게 속삭였다.

"뭔가 이상하지 않아?"

"뭐가?"

"스미스가 아침에 한 말이나 오늘 발표들, 다 비슷했잖아. 마치 우리를 어떤 방향으로 몰고 가려는 것 같아."

"맞아. 오늘 발표들 다 '제한적이고 현실적인' 얘기뿐이었어. 우리가 꿈꾸는 건 더 보편적이고, 충분한 기본소득이잖아."

재명이 심각하게 말하자, 철희도 고개를 끄덕였다.

"맞아. 스미스가 아침에 했던 말도 그렇고, 뭔가 이상해."

지원이 다가와 말을 보탰다.

"꼭 나쁜 건 아니잖아?"

"아니야. 그게 아니라…"

재명은 잠시 숨을 고르고 말을 이어갔다.

"우리가 원하는 건 진짜 변화를 만드는 기본소득이잖아. 근데 오늘 발표들은 그냥 기존 시스템을 유지하려는 실험 같았어."

지원도 잠시 생각에 잠겼다.

"음… 그럴 수도 있겠다."

철희가 난호하게 말했다.

"내일부터는 더 주의 깊게 지켜보자."

재명은 담담히 고개를 끄덕였다. 하지만 속마음은 여전히 무거웠다. 머릿속에는 지원과 에이노의 약속이 떠나지 않았다. 밤이 깊어지자, 호텔 로비에서는 각국 청소년들이 모여 즉석 토론을 벌였다.

"오늘 진짜 많은 걸 배웠어!"

마야가 들뜬 목소리로 외쳤다. 재명은 멀리서 지원이 에이노와 함께 토론하는 모습을 지켜봤다. 지원의 얼굴에는 생기가 넘쳤고, 에이노는 지원의 말에 유난히 깊은 관심을 보였다.

"내일부터 본격적인 토론이 시작돼."

지원이 기대에 찬 목소리로 말했다.

"우리가 진짜 원하는 기본소득을 직접 만들어가는 거야."

재명은 그 환한 얼굴을 바라보며 마음이 복잡해졌다. 기뻐해야 할지 아니면 불안해해야 할지 알 수 없었다. 옆에서 조용히 지켜보던 철희는 속으로 다짐했다.

'내일부터는 더 예리하게 봐야 해. 뭔가 수상해.'

10

에이노의 고백

알래스카 대회 참가자 전용 호텔
10월 13일 저녁 8시 50분

한국팀이 머무는 호텔방은 작은 거실을 두고 세 개의 방으로 나뉘어 있었다.

"지원아, 정말 가야 해?"

재명이 걱정스러운 목소리로 물었다. 지원은 카디건을 어깨에 걸치며 방을 나설 준비를 하고 있었다. 거울 앞에서 머리를 묶는 손길이 평소보다 빨랐다.

"응. 에이노가 중요한 얘기가 있다고 했어."

지원은 가방끈을 한 번 더 조여 매며 고개를 끄덕였다.

"혼자 가는 건 위험하지 않을까?"

재명이 소파에서 벌떡 일어났다. 태연한 척했지만, 목소리에는 불안이 그대로 묻어났다. 어릴 적부터 함께 자라온 두 사람은 얼굴만 봐도 속마음을 읽을 수 있었다. 요즘 들어 재명이 자꾸 말을 삼키는 건 자신도 어쩔 수 없이 생겨난 감정 때문이었다.

"호텔 안에서 만나는 건데 뭐가 위험하겠어?"

지원이 가볍게 웃어 보였지만, 눈빛은 잠시 흔들렸다. 재명 앞에서 괜히 떨리는 마음을 들키고 싶지 않았다. 사실은 미안한 마음도 있었지만, 에이노가 무슨 얘기를 할지 너무 궁금했다.

"그럼 다녀올게. 30분쯤 걸릴 거야."

지원이 문을 열고 나가자, 거실에는 재명과 철희만 남았다. 순간 공기가 무겁게 가라앉았다.

철희가 재명을 찬찬히 보다가 물었다.

"야, 너 괜찮아?"

"뭐가?"

재명이 짧게 대꾸했다.

"지원이가 다른 남자 만나러 갔는데, 진짜 괜찮냐고."

철희의 목소리는 장난스럽지 않았다. 재명은 창밖을 바라봤. 알래스카의 밤하늘에는 별들이 쏟아지듯 흩어져 있었다. 그는 깊게 숨을 들이마셨다가 길게 내쉬었다.

"지원이가 행복하다면… 그걸로 된 거 아니겠어?"

"정말로 그게 네가 원하는 거야?"

철희의 물음에 재명은 입을 열지 못했다. 목구멍 어딘가에서 뜨거운 덩어리가 서서히 치밀어 오르는 기분이었다.

호텔 옥상 정원
10월 13일 저녁 9시

"와, 여긴 진짜 동화 같아!"

지원이 발밑을 비추는 작은 전구들을 따라 걸으며 감탄했다. 불빛은 길을 은은하게 밝혔고, 멀리 보이는 알래스카산맥은 밤하늘 아래 검은 그림자처럼 우뚝 서 있었다.

"운이 좋으면 오로라도 볼 수 있어."

에이노가 벤치를 가리켰다. 목소리는 평소보다 한층 낮고 부드러웠다.

"오늘은 구름이 많아서 아쉽지만."

둘은 벤치에 나란히 앉았다. 차가운 공기 속에서 내뱉는 숨결이 흰 김으로 흩어졌다. 잠시 후 에이노가 재킷을 벗어 지원의 어깨에 걸쳐주자, 등으로 스며드는 따스함에 가슴이 두근거려 어깨가 저절로 움츠러들었다.

"춥지 않아?"

에이노가 조심스럽게 물었다.

"괜찮아."

지원은 짧게 웃었지만 웃음 뒤에는 알 수 없는 긴장이 묻어 있었다. 에이노는 잠시 지원의 얼굴을 바라보다가, 마침내 숨을 고르듯 입을 열었다.

"핀란드에서는 이런 감정을 숨기지 않아. 솔직하게 말하는 게 당연하거든."

지원은 그 말을 곱씹었다. 그의 눈빛은 꾸밈이 없었고, 짧은 말에도 묵직한 진심이 느껴졌다.

"지원, 솔직히 말할게."

에이노의 목소리가 떨렸지만 또렷했다.

"나… 너한테 반했어."

순간 지원은 얼어붙었다. 얼굴은 달아올랐고, 두 손은 가방끈을 꽉 움켜쥐었다. 머릿속이 하얘지면서 심장이 미친 듯이 뛰었다.

"처음 공항에서 봤을 때부터 알았어. 너의 진지함, 열정… 그리고 말로는 설명하기 힘든 분위기까지. 다 나를 끌어당겼어."

그의 고백은 꾸밈이 없었고, 말마다 무게가 실려 있었다. 지원은 입술을 깨물며 시선을 피했지만, 마음은 이미 흔들리고 있었다. 에이노가 조심스럽게 지원의 손을 감싸자 따뜻한 체온이 전해졌다. 그 작은 손길이 오히려 수많은 말을 대신하는 듯했다.

"사랑은 자유로워야 해. 기본소득처럼."

"기본소득처럼?"

지원이 놀라 되묻자, 에이노가 고개를 끄덕였다.

"기본소득이 사람들에게 걱정 없는 자유를 주듯, 사랑도 편견에서 벗어나야 해. 나이, 국적, 문화… 그런 건 중요하지 않아. 지금 우리가 느끼는 감정이 진짜 중요한 거야."

지원은 가슴이 흔들렸다. 그의 말은 매력적이었지만 머릿속 한쪽에서는 재명의 얼굴이 떠올라 답답해졌다.

"하지만… 우린 만난 지 이틀밖에 안 됐잖아."

지원이 작게 속삭였다. 에이노는 미소를 거두고 고개를 기울였다.

"시간이 중요한 걸까? 어떤 사람들은 십 년을 만나도 서로를 모르고, 또 어떤 사람들은 하루 만에 연결되기도 해."

지원은 대답하지 못했다. 그의 눈빛과 손길이 마음을 세차게 흔들고 있었기 때문이다. 에이노가 천천히 가까이 다가오자, 지원은 숨을 멈추었다. 그리고 잠시 후, 그의 두 손이 지원의 얼굴을 감싸고 입술이 닿았다. 짧고 부드러운 키스였다. 지원은 눈을 꼭 감았다. 발밑의 불빛도, 멀리 서 있는 산맥도, 차가운 공기도 그 순간에는 모두 사라진 듯했다. 오직 가슴 깊은 곳에 남은 건 첫사랑의 선명한 떨림뿐이었다.

호텔 복도

10월 13일 저녁 9시

"답답해서 못 견디겠어."

재명이 갑자기 자리에서 벌떡 일어났다. 가슴을 짓누르는 압박감이 숨을 막는 듯했고 그냥 앉아 있기엔 너무 괴로웠다.

"갑자기 어디 가?"

철희가 놀라 물었다.

"잠깐 바람 좀 쐬고 올게."

재명은 짧게 대답하며 고개를 숙였다. 하지만 마음속 진짜 이유는 따로 있었다. 차가운 바람을 쐬고 싶은 게 아니라, 지원이 지금 어디에 있는지 확인하고 싶었다.

엘리베이터 안, 재명은 무심코 눌렀던 버튼이 '옥상'이라는 걸 뒤늦게 알아차렸다. 자신을 속이듯 '밤하늘을 보고 싶다'라고 중얼거렸지만, 발끝은 이미 진실을 알고 있었다.

덜컥, 문이 열리고, 재명은 천천히 옥상 문을 밀어 올렸다. 순간 달빛에 비친 두 사람의 모습이 눈에 들어왔다. 벤치에 앉은 지원과 에이노는 서로에게 몸을 기울인 채 조심스럽게 키스를 나누고 있었다.

재명의 몸은 그대로 굳어 버렸다. 한 발짝도 움직일 수 없었다. 심장은 미친 듯이 요동쳤고, 머릿속은 순식간에 새하얘졌다. 눈 앞 풍경이 현실 같지 않았다. 세상이 무너져 내린 것 같았다.

간신히 숨을 고른 그는 조용히 몸을 돌려 문을 닫았다. 손끝이 떨려 문고리를 놓칠 뻔했다. 벽에 기대어 깊게 숨을 내쉬었지만, 가슴 속 울컥하는 감정은 좀처럼 가라앉지 않았다. 그 순간 그는 그저 아무도 모르게 어둠 속으로 사라져 버리고 싶었다.

옥상 정원
키스 직후

키스가 끝나자, 지원은 천천히 몸을 떼며 낮게 속삭였다.
"에이노…"
에이노는 눈을 몇 번 깜빡이며 잠시 당황한 표정을 지었다.
"미안. 너무 갑작스러웠어?"
하지만 그의 눈빛에는 이미 부드러운 만족감이 스며 있었다. 지원은 두 손으로 얼굴을 가리며 어깨를 작게 들썩였다. 달콤함이 아직 남아 있었지만 동시에 죄책감이 발끝부터 밀려 올라왔다. '재명이 알면 어떡하지?' 그 생각이 가슴을 세차게 두드렸다.
"마음이 복잡하지?"
에이노의 목소리는 낮고 다정했다.
"응… 설레기도 하고 근데 많이 혼란스러워."
시원의 말은 손끝의 떨림으로 이어졌다. 에이노는 잠시 고개를 숙였다가 다시 지원을 바라보며 말했다.
"사랑은 원래 그래. 달콤하면서도 불안하지. 특히 첫사랑은 더 그렇고."

지원은 잠시 눈을 감았다. 머릿속에 재명과의 기억들이 파노라마처럼 스쳐 갔다. 함께 뛰놀던 골목, 비 오는 날 우산을 나눠 쓰던 순간, 어설프지만, 따뜻했던 위로의 말들…. 그 익숙하고 편안한 시간은 쉽게 사라지지 않았다. 반면, 에이노와 함께할 때 느끼는 낯선 긴장감과 설렘은 또 다른 불꽃처럼 가슴을 흔들고 있었다.

지원은 무심코 주머니에 손을 넣었다. 손끝에 작은 천 주머니가 잡혔다. 불안할 때마다 꼭 만지작거리던 오래된 습관이었다.

"에이노는 여자 친구 있었어?"

지원이 조심스레 물었다.

"응, 몇 명 있었지."

에이노는 담담히 고백했다.

"핀란드에서는 연애 얘기를 숨기지 않아. 학교에서 성교육도 철저히 하고, 가족들도 존중과 안전을 먼저 가르쳐. 그래서 괜히 감출 필요가 없거든."

지원은 그 말을 가만히 들으며 고개를 끄덕였다.

"부모님도 늘 말씀하셔. '조심하면서, 서로를 존중해라.'라고."

순간 지원은 차이를 느꼈다. 한국에서는 부모님이나 선생님과 연애 이야기를 털어놓기가 쉽지 않았다. 늘 조심스럽고 숨겨야 하는 분위기 속에서 자란 자신과 달리 에이노는 당당하고 솔직했다. 그 모습이 낯설면서도 한편으로는 부러웠다.

"지원, 네가 나랑 있을 때 어떤 기분인지 솔직히 말해줄래?"

에이노의 목소리가 다시 진지하게 가라앉았다. 지원은 숨을 고르며 대답을 준비했다.

재명의 방
10월 13일 밤 10시

재명은 침대에 누워 천장을 똑바로 바라보았다. 하지만 머릿속은 조금도 정리되지 않았다. 방금 본 장면이 자꾸만 떠올랐다. 지원과 에이노가 키스하던 모습. 그 순간이 눈앞에 아른거릴 때마다 가슴이 쿵 하고 내려앉았고, 손바닥은 식은땀으로 젖어 들었다.

'지원이는 나한테 그냥 친구였던 걸까? 아니면 나 혼자 다른 마음을 키워온 거였을까?'

머릿속이 복잡하게 얽히며 답을 찾을 수 없었다. 그때 철희가 다가와 조심스레 물었다.

"재명아, 괜찮아?"

"응."

재명이 짧게 대답했지만, 목소리엔 힘이라곤 없었다.

"치, 거짓말하지 마. 얼굴에 다 쓰여 있어."

철희는 한숨을 내쉬며 재명의 어깨를 가볍게 두드렸다. 오래된 친구라서 그런지 숨기려 해도 속마음이 다 보였다. 잠시 망설이던 재명이 낮게 털어놓았다.

"봤어. 둘이 키스하고 있었어."

철희는 잠깐 말을 잃었다가 곧 차분한 목소리로 말했다.

"그렇다고 다 끝난 건 아니야. 키스 한 번이 모든 걸 정하는 건 아니잖아. 네가 포기해야 할 이유도 없어. 너랑 지원이랑 같이한 시간, 쌓아온 기억이 있잖아. 그게 얼마나 큰 건데."

재명은 눈을 감고 길게 숨을 내쉬었다. 철희의 말은 위로가 되면서도 여전히 마음 한구석은 무겁게 가라앉아 있었다. 창밖을 바라보니 밤하늘에 별들이 반짝였지만, 마음은 전혀 맑아지지 않았다. 5년을 기다려온 알래스카 대회. 그 시간과 노력이 흔들리는 감정과 뒤엉켜 더 복잡하고 버거운 무게로 다가왔다.

지원의 방
10월 13일 밤 10시 30분

지원은 호텔방으로 돌아왔다. 얼굴은 여전히 붉었고, 가슴은 빠르게 뛰어 흥분이 가라앉지 않았다. 책을 읽고 있던 철희가 반갑게 고개를 들며 물었다.

"어떻게 됐어? 에이노랑 얘기해 봤어?"

"응. 그런데 좀 복잡해."

지원은 힘없이 대답하며 소파에 털썩 앉았다. 두 손으로 얼굴을 가리자, 말하지 않아도 마음이 혼란스럽다는 게 고스란히 드러났다. 철희는 이미 재명에게서 이야기를 들었지만 모른 척하며 조심스럽게 물었다.

"에이노가 뭐라고 했는데?"

지원은 잠시 망설이다가 낮은 목소리로 털어놓았다.

"나를 좋아한다고 고백했어. 그리고 키스도 했고."

순간 철희는 숨을 삼켰다. 예상은 했지만 직접 듣는 건 또 달랐다. 잠시 입술을 깨물던 그는 애써 웃음을 지으며 장난스럽게 되물었다.

"정말? 기분이 어땠어?"

지원은 얼굴을 가린 채 작게 웃음을 흘렸다.

"설레긴 했어. 그런데 죄책감이 들더라. 자꾸 재명이가 떠올라서."

철희는 한숨을 내쉬며 고개를 끄덕였다.

"지원아, 네가 진짜 원하는 걸 선택해야 해. 다른 사람 눈치만 보지 말고."

"에이노도 그렇게 말했어. 사랑은 자유여야 한다고."

지원의 목소리에는 여전히 흔들림이 묻어 있었다.

"맞아. 하지만 자유에는 책임도 따르지. 네 선택이 누군가를 아프게 할 수도 있다는 걸 잊으면 안 돼."

철희의 말은 차분하면서도 무게가 실려 있었다. 지원은 대답

대신 자리에서 일어나 창가로 걸어갔다. 어둠 속 창밖에는 별빛이 쏟아질 듯 반짝이고 있었다. 그 빛을 바라보며 지원은 속으로 되뇌었다.

'내가 정말 원하는 건 뭘까? 재명이 마음을 아프게 해도 괜찮은 걸까?'

알래스카의 둘째 날 밤은 그렇게 깊어져 갔다. 낯선 땅에서, 세 친구의 사랑과 우정은 조금씩 금이 가기 시작했다.

재명의 방

10월 13일 밤 11시

재명은 이리저리 몸을 뒤척였다. 눈을 감아도 잠은 오지 않고, 생각만 자꾸 꼬리를 물었다.

'지원이는 지금 무슨 생각을 하고 있을까? 나를 어떻게 생각하는 걸까?'

마음속에서는 두 감정이 끝없이 부딪쳤다. 한쪽은 질투와 분노로 끓어올랐고, 다른 한쪽은 그저 지원이 행복하기를 바라고 있었다. 머리로는 '지원의 선택을 존중해야 한다'라고 되뇌었지만, 마음은 쉽사리 따라주지 않았다. 결국 재명은 길게 한숨을 내쉬며 눈을 감았다.

그때, 방 밖에서 익숙한 목소리가 들려왔다.

"재명아, 자고 있어?"

재명은 순간적으로 벌떡 몸을 일으켰다. 하지만 끝내 대답하지 못했다. 당장이라도 문을 열고 지원의 얼굴을 보고 싶었다. 하지만 입술이 굳어 버린 듯 한마디도 나오지 않았다.

잠시 후, 멀어지는 발걸음 소리와 함께 희미한 목소리가 흘러왔다.

"내일 얘기하자."

재명은 그 마지막 말을 가슴 깊이 새기며 다시 눈을 감았다. 하지만 눈꺼풀 뒤에서는 오히려 더 선명하게 지원의 얼굴이 떠올랐다.

재명의 방
밤 11시 5분

지원은 재명의 방 앞에 서 있었다. 문틈 사이로 희미하게 새어 나오는 불빛이, 재명이 아직 깨어 있다는 사실을 말해주고 있었다. 손잡이를 잡을까, 그냥 돌아설까?

'재명이, 나한테 화가 난 걸까?'

가슴이 답답해 두 손을 꼭 모았다. 에이노와의 키스 이후, 이상하게 재명이 자꾸 마음에 걸렸다. 늘 아무 망설임 없이 '친구'라

불렀는데, 정작 다른 남자에게 끌리고 난 뒤엔 오히려 재명의 얼굴이 더 선명하게 떠올랐다.

　지원은 지금이라도 문을 두드리고 솔직히 털어놓고 싶었다. 하지만 방 안은 고요했다. 인기척 하나 없는 침묵이 오히려 두꺼운 벽처럼 느껴졌다. 그녀는 문 앞에서 한참을 서성였다. 손을 뻗을 듯 말 듯, 망설임 속에서 시간은 길게 늘어졌다. 그러나 끝내 용기를 내지 못하고 고개를 숙인 채 발걸음을 돌렸다.

　자신의 방으로 돌아와 문을 닫자, 작은 한숨이 흘러나왔다. 지원의 손은 주머니 속을 맴돌았다. 늘 결정의 순간마다 꼭 쥐곤 했던 작은 물건이 손끝에 닿았다. 익숙한 감촉이었지만 지금은 이상하게 더 무겁게 느껴졌다.

　창밖의 알래스카 밤은 고요히 흘러갔다. 별빛은 차갑도록 투명했다. 하지만 마음속 그림자는 점점 짙어지고 있었다. 서로 다른 방에서 같은 고민을 품고 뒤척이는 아이들. 아직 선택의 순간은 오지 않았지만, 언젠가 누군가는 그 닫힌 문을 열게 될 것이다. 그리고 그 순간 세 사람의 우정은 더 이상 예전과 같지 않을 것이라는 불안한 예감이 서서히 스며들고 있었다.

11

철희의 진심

알래스카 대회 참가자 전용 호텔 카페테리아
10월 14일 오전 8시

아직 새벽의 찬 기운이 가시지 않은 카페테리아. 세 친구는 마주 앉아 있었지만, 공기 속에는 어제와는 다른 묘한 긴장이 흘렀다. 창밖으로 스며드는 옅은 햇살이 세 사람의 얼굴을 비췄지만, 그 빛은 어쩐지 차갑게만 느껴졌다.

"다들 잘 잤어?"

철희가 억지로 분위기를 풀려 했지만, 목소리는 평소보다 가라앉아 있었다. 밤새 뒤척이며 스스로에게 수없이 묻고 또 물었기 때문이다. '내가 정말 사람들을 돕고 싶어서 이 운동을 시작한 걸까? 아니면 그냥 할아버지한테 반항하고 싶어서였을까?' 하지만 대답은 끝내 찾지 못했다.

"응."

재명과 지원이 동시에 대답했지만, 두 사람의 눈은 끝내 마주치지 않았다. 재명의 얼굴은 지쳐 있었고, 지원의 눈빛은 아직도 어젯밤의 기억에서 벗어나지 못한 듯 흔들렸다.

"어색하네, 진짜."

철희가 한숨을 내쉬었지만 정작 가장 혼란스러운 건 자기 자신이었다. 그때 에이노가 환하게 웃으며 다가왔다.

"안녕! 잘 잤어?"

지원은 살짝 굳은 얼굴로 대답했다.

"응, 잘 잤어."

"지원, 어젯밤 우리 얘기 생각해 봤어?"

에이노가 자연스럽게 지원 옆에 앉으며 묻자, 재명의 심장이 덜컥 내려앉았다. '얘기? 무슨 얘기지?'

"아직 생각 중이야."

지원은 조심스레 대답했다.

"괜찮아. 하지만 내 마음은 진심이야."

에이노가 부드럽게 미소 지으며 지원의 손등을 스쳤다. 그 순간 재명은 더 이상 자리에 앉아 있을 수 없었다. 숨이 막히는 듯한 답답함에 자리에서 벌떡 일어났다.

"잠깐 바람 좀 쐬고 올게."

"재명아!"

지원이 급히 불렀지만, 재명은 돌아보지 않았다. 그 뒷모습을 보자 지원의 가슴이 또다시 내려앉았다.

"재명이 화난 것 같네."

에이노가 걱정스레 중얼거렸다.

"아마 나 때문일 거야."

지원이 작은 목소리로 말했다.

"그건 네 잘못이 아니야. 사랑에는 타이밍이 있어. 지금은 우리 둘의 타이밍일 뿐이야."

에이노가 지원의 손을 잡자, 지원의 손이 가늘게 떨려왔다.

그 모습을 바라보던 철희의 마음은 한층 더 무거워졌다. 두 친구의 감정과는 별개로 그는 여전히 자신이 왜 기본소득 운동을 시작했는지 확신하지 못하고 있었기 때문이다.

잠시 후 에이노가 자리를 비우고 재명이 돌아왔다. 하지만 세 사람 사이에 다시 내려앉은 건 더 깊은 침묵이었다. 그때 철희가 입을 열었다.

"얘들아, 우리 뭔가 이상하지 않아?"

철희가 간절한 눈빛으로 두 친구를 번갈아 보았다.

"뭐가?"

지원이 아무렇지 않은 척 되물었지만, 눈동자 속에는 시워시시 않는 죄책감이 어른거렸다.

"얼마 전까지만 해도 우리 셋이 같이 앉아서 기본소득 얘기하며 밤새 토론했잖아. 그런데 지금은 다들 서로 다른 데만 보고 있는 것 같아."

철희의 말은 정곡을 찔렀다. 재명과 지원은 동시에 시선을 피했다. 마치 서로를 마주 보는 게 더 두려운 사람들처럼.

"맞네, 진짜 뭔가 어색해."

지원이 용기를 내어 말했지만, 공기는 여전히 무겁게 가라앉아 있었다. 답답함을 견디지 못한 철희가 다시 입을 열었다.

"그럼 솔직하게 얘기하자. 우리 친구잖아. 5년 동안 같은 꿈으로 달려온 친구들이잖아."

그 순간 옆에서 조심스러운 목소리가 들려왔다.

"혹시… 방해가 되었다면 미안해요."

브라질에서 온 참가자, 카를로스였다. 그는 개회식에서 열띤 토론을 나누던 청년이었다. 까무잡잡한 얼굴에 쾌활한 미소를 머금고 있었지만, 눈빛은 진지했다.

"사실 어제 얘기가 너무 흥미로웠거든요. 혹시 조금 더 나눠도 될까요?"

"아… 네, 물론이죠."

철희가 얼떨결에 웃으며 대답했다. 그 순간 세 친구를 짓누르던 긴장감이 조금 풀렸다. 자리에 앉은 카를로스는 먼저 자신의 이야기를 꺼냈다.

"저는 브라질 빈민가에서 자랐어요. 원래는 축구 선수가 되고 싶었죠. 하지만 돈도, 기회도 없어서 결국 꿈을 접을 수밖에 없었습니다. 그런데 그 좌절이 오히려 저를 사회운동으로 이끌었어요. 저처럼 기회를 빼앗긴 아이들이 더는 같은 아픔을 겪지 않게 하고 싶었거든요."

카를로스의 말에 철희는 깊이 감동했다.

'정말 대단하다.'

자신은 그저 반항심에 운동을 시작했는데, 카를로스는 삶 전체를 걸고 있었다. 철희의 가슴 속에서 뜨거움과 동시에 부끄러움이 밀려왔다. 그 앞에서 자신은 그저 투정이나 부리는 어린아이 같았다. 그런 철희의 속마음을 모른 채, 카를로스가 진지한 표정으로 물었다.

"한국은 어떤가요?"

철희는 잠시 머뭇거리다 조용히 대답했다.

"우리도 청년 실업이 심각해요. 그래서 기본소득이 필요하다는 목소리가 점점 커지고 있어요. 공부를 아무리 열심히 해도, 기회를 잡지 못하는 친구들이 많거든요."

그의 목소리는 평소보다 낮고 조심스러웠다. 말이 이어질수록 철희는 스스로가 얼마나 얄팍한 마음으로 운동을 시작했는지 깨달았다. 그러나 동시에 카를로스의 진솔함과 꺾이지 않는 열정이 마음속 깊이 감동을 주었다. 상처를 딛고도 여전히 다른 사람들을 위해 애쓰는 그의 모습은 철희에게 처음으로 '진짜'라는 단어의 무게를 실감하게 했다.

호텔 로비

10월 14일 오전 10시

참가자들로 붐비는 로비 한쪽 구석, 철희가 노트북 앞에 앉아 있었다. 화면을 뚫어져라 바라보고 있었지만, 마음은 다른 데에 가 있었다.

"뭐해?"

재명이 다가와 물었다.

"망가진 노트북 복구하려고."

철희가 한숨을 내쉬며 대답했다.

"하드디스크는 완전히 맛이 갔어. 그래도 혹시 캐시 메모리에 뭐라도 남아 있지 않을까 해서."

"그럼, 복구할 수 있겠어?"

재명이 걱정스레 물었다.

"아니, 거의 불가능해. 그래도 해보는 거지 뭐."

그때 지원이 다가왔다.

"얘들아!"

순간 공기가 무겁게 가라앉았다. 서로 눈을 마주치지 못한 채 어색한 침묵이 흘렀다. 한참 망설인 끝에 지원이 조용히 입을 열었다.

"어제 일 때문에 우리가 멀어지는 건 싫어."

철희는 그 말에 고개를 들었다. 자신도 속으로는 똑같이 생각하고 있었기 때문이다. 지원이 입술을 깨물며 이어 말했다.

"솔직히 말하면 나 에이노가 좋아. 그렇다고 너희들이랑 우정을 잃고 싶진 않아."

재명의 가슴이 철렁 내려앉았다. 하지만 지원이 숨기지 않고 솔직하게 털어놓은 게 고마웠다.

"지원아, 네가 행복하다면 그걸로 됐어."

쉽게 꺼낸 말은 아니었지만 진심이었다.

"정말?"

"응. 내 마음은 복잡하지만 그래도 네가 웃는 게 더 좋아."

지원의 얼굴에 안도하는 기운이 스쳤다. 그러자 옆에서 철희가 작게 손을 쥐며 말했다.

"나도 너희한테 고백할 게 있어."

"고백? 뭔데?"

지원이 눈을 동그랗게 떴다. 철희는 숨을 크게 들이마셨다. 지금 아니면 영영 말하지 못할 것 같았다.

"나 좀 혼란스러워. 내가 왜 기본소득 운동을 시작했는지 잘 모르겠어."

재명과 지원은 놀란 눈빛으로 그를 바라봤다. 철희는 이어서 솔직히 털어놓았다.

"처음에는 그냥 할아버지한테 반항하고 싶어서였어. 멋있어 보이고 싶다는 마음도 있었고. 그런데 카를로스 얘기를 들으면서 깨달았어. 난 사실 기본소득이 뭔지도 잘 모른 채, 그냥 휩쓸려왔던 거 같아."

얼굴이 붉게 달아올랐지만, 속은 오히려 조금 가벼워졌다.

"그래서 이제는 제대로 알고 싶어. 기본소득이 왜 필요한지, 내가 뭘 할 수 있는지."

그의 목소리는 떨렸지만, 눈빛만큼은 단단했다.

재명이 부드럽게 말했다.

"철희야, 그렇게 생각하는 것 자체가 성장하는 거야."

"정말 그럴까?"

철희가 간절하게 물었다.

"그럼. 스스로 돌아볼 수 있다는 게 대단한 거야."

지원도 고개를 끄덕였다.

"맞아. 지금부터 배우면 되잖아."

철희의 눈가가 살짝 젖었다. 마음속에 쌓여 있던 부끄러움과 불안이 흘러내리는 듯했다. 하지만 그는 멈추지 않고 또 하나를 털어놓았다.

"그리고 사실 제일 걱정되는 게 있어. 내가 중학교 때 했던 해킹, 그거 잘못이었어. 사과도 아직 안 했고."

지원은 잠시 숨을 고른 뒤 차분하게 말했다.

"그럼 돌아가서 사과하자. 지금 당장 다 해결할 순 없어도 하나씩 하면 되잖아."

재명도 따뜻하게 덧붙였다.

"맞아. 그리고 네가 정말 기본소득을 공부하고 싶다면 우리도 같이 도와줄게."

철희는 두 친구의 말에 마음이 한결 가벼워졌다. 아직 흔들리는 감정들이 많았지만 이제 혼자가 아니라는 사실에 용기를 갖게 되었다.

호텔 공용 화장실

10월 14일 오전 11시

철희는 찬물로 얼굴을 세차게 씻고 거울을 바라봤다. 조금 전 고백으로 마음이 한결 가벼워지긴 했지만, 머릿속은 여전히 수백 가지 생각으로 뒤엉켜 있었다. 그때 화장실 밖에서 낮게 울리는 목소리가 들려왔다.

"계획대로 진행되고 있습니다."

철희의 심장이 철렁 내려앉았다. 그건 분명 에이노의 목소리였다.

"네, 지원이라는 한국 소녀와 친해졌습니다. 곧 완전히 제 편으로 만들 수 있을 겁니다."

순간 철희의 숨이 막혔다. '뭐라고? 지원이를 이용하겠다고?'
에이노의 목소리는 차갑고 기계적이었다. 조금 전까지만 해도 따뜻하게 웃던 모습은 사라지고, 전혀 다른 사람처럼 들렸다.
"다른 참가자들도 문제없습니다. 다들 순진한 아이들이에요."
철희는 문틈 사이로 조심스럽게 복도를 내다봤다. 끝 쪽에서 휴대전화를 귀에 댄 채 통화하는 에이노가 보였다. 그의 표정은 무서울 만큼 무심했다.
"내일 밤 예정대로 실행하겠습니다. 한국팀이 가장 영향력이 크니까 걔들부터 시작하죠."
철희의 등줄기에 소름이 확 돋았다. '큰일이 벌어지려는 거야!'
"네, 스미스 씨. 걱정하지 마세요. 저는 프로니까요."
스미스? 혹시 데이비드 스미스? 대회 후원사 대표? 철희의 머릿속이 요동쳤다. '그럼, 에이노가 스폰서랑 직접 연결되어 있다는 거잖아!'
"지원이는 완전히 제 편이에요. 내일 밤 비밀 계획을 알려준다고 하면 의심 없이 따라올 겁니다."
철희의 가슴속에서 분노가 불길처럼 치솟았다. 순수한 지원을 이용하려는 에이노의 속내가 드러난 것이다. 그는 주먹을 꽉 움켜쥐었다.
"네, 다른 참가자들도 차례로 끌어들일 수 있을 겁니다. 특히 한국, 인도, 독일, 브라질 이 네 나라만 확보하면 나머지는 따라올 거예요."

'브라질? 카를로스도 위험하잖아!' 어제 함께 웃던 카를로스의 얼굴이 떠올랐다. 그 진지한 눈빛이 갑자기 위태롭고 불안하게만 보였다. 그때 에이노의 발걸음 소리가 가까워졌다.

"알겠습니다. 그럼, 내일 밤 12시에 프로젝트 오로라 4단계를 시작하겠습니다."

철희는 해킹하다가 봤던 문서를 떠올렸다. 그 안에 적힌 소름 끼치는 문장이 번개처럼 스쳤다.

'4단계: 테러 혐의 조작을 통한 대량 체포.'

숨이 턱 막혔다. '설마 내일 밤 우리를 전부 잡아가려는 건가?'

급히 화장실 칸 안으로 몸을 숨긴 철희는 덜덜 떨리는 손으로 문을 잠갔다. 잠금장치가 제대로 돌아가지 않아 몇 번이나 헛손질했다. 발걸음이 화장실 앞을 스쳐 지나가는 순간, 그는 숨조차 쉴 수 없었다.

한참 후 발소리가 멀어지자, 철희는 조심스럽게 밖으로 나왔다. 다리는 후들거렸고 거울 속 얼굴은 새하얗게 질려 있었다. 하지만 눈빛만큼은 달라져 있었다.

'지원이한테 빨리 알려야 해. 에이노가 우릴 속이고 있어!'

하지만 또 다른 걱정이 파도처럼 밀려왔다. '지원이가 믿어줄까? 에이노를 좋아하는 마음이 있는데.'

의무감, 책임감, 두려움이 한꺼번에 몰려와 머릿속이 복잡하게 요동쳤다. 하지만 한 가지는 분명했다. 친구들을 지켜야 한다는 것. 철희는 곧바로 로비를 향해 달려갔다. 시계 초침은 무심히 돌아가고 있었고, 남은 시간은 단 하루뿐이었다. 이제 그는 단순히 운동을 흉내내는 평범한 고등학생이 아니었다. 수많은 참가자를 지켜야 하는 사람이었다.

달려가는 철희의 눈에 커다란 벽시계가 들어왔다. '틱, 탁, 틱, 탁' 초침 소리가 폭탄의 카운트다운처럼 울려 퍼졌다. 그 순간, 알래스카의 하늘 위로 검은 그림자가 천천히 내려앉고 있었다.

12
72시간의 압박

"얘들아! 큰일 났어!"

철희의 목소리가 고요한 호텔 로비에 울려 퍼졌다. 그의 얼굴은 눈처럼 창백했고, 두 손은 얼음을 쥔 것처럼 부들부들 떨리고 있었다. 소파에 앉아 있던 재명과 지원은 깜짝 놀라 벌떡 일어섰다.

"왜 그래? 무슨 일이야?"

지원의 목소리에는 이미 두려움이 묻어났다.

"에이노… 에이노가!"

철희는 숨을 가쁘게 몰아쉬며 말을 잇지 못했다. 방금 본 광경이 머릿속을 뒤흔들며 목구멍을 막고 있었다.

"철희야, 진정하고 말해."

재명이 다급히 철희의 어깨를 붙잡았다.

"에이노가 스폰서랑 한편이야!"

철희의 외침이 로비 전체에 메아리쳤다.

"뭐? 뭐라고?"

지원의 얼굴에서 핏기가 쭉 빠져나갔다. 어젯밤 나눈 대화가 갑자기 송두리째 무너져 내렸다. 에이노의 달콤했던 말들이 전부 함정이었다는 걸 깨닫자, 심장이 얼어붙는 것 같았다.

그때 호텔 천장 스피커에서 차갑고 기계적인 목소리가 흘러나왔다.

"세계 청소년 기본소득 대회 참가자 여러분께 긴급 안내드립니다. 1층 컨퍼런스룸에서 중요한 발표가 있겠습니다. 모든 참가자는 즉시 참석 바랍니다."

세 친구는 동시에 서로를 바라봤다. 눈빛 속에는 똑같은 불안이 번쩍였다. 재명이 낮고 무거운 목소리로 말했다.

"아무래도 뭔가 터지려는 것 같아."

컨퍼런스룸
10월 14일 정오 12시

잠시 후 각국 대표들은 컨퍼런스룸에 집합했다. 앞쪽에는 데이비드 스미스가 굳은 얼굴로 서 있었고, 그 뒤에는 대회 조직위원회 사람들이 줄지어 서 있었다. 참가자들은 모두 긴장한 표정이었지만 에이노의 얼굴은 이상하리만큼 침착해 보였다. 철희는 그

런 에이노의 모습을 주시했다. '에이노는 뭔가 알고 있는 게 분명해.'

"여러분!"

데이비드 스미스의 낮고 단단한 목소리가 방 안을 가득 채웠다. 그의 차가운 눈빛엔 조금의 감정도 드러나지 않았다.

"안타까운 소식을 전해드려야겠습니다."

여기저기서 웅성거림이 터져 나왔다.

"어젯밤 후원사 본부에서 긴급 이사회가 열렸습니다."

그의 말에 모든 참가자가 집중했다.

"결론부터 말씀드리죠. 이번 대회의 후원을 재검토하게 되었습니다."

"뭐라고요?"

마야가 벌떡 자리에서 일어났다. 눈동자가 크게 흔들렸다.

"무슨 뜻인지 구체적으로 말씀해 주세요."

안나는 단호하게 목소리를 높였다. 스위스 특유의 냉정한 기운이 느껴졌다. 데이비드는 참가자들을 천천히 훑어보며 말했다.

"최근 일부 참가자들의 발언과 행동이 문제로 지적됐습니다. 특히 기존 정치 체제를 비판하는 말들이 후원사들을 불안하게 만들었습니다."

"우리가 언제 과격한 발언을 했다는 거예요?"

카를로스가 벌떡 일어나 외쳤다. 억울함과 분노가 뒤섞인 목소리였다.

"우린 기본소득 얘기만 했잖아요!"

"기본소득 자체가 현 체제에 대한 도전입니다."

데이비드의 대답은 한 치의 흔들림도 없었다.

"후원사들은 건설적인 논의를 원했지만, 일부 참가자들은 기존 체제를 전면 부정하는 발언을 했습니다."

"그건 당연한 거잖아요!"

루카스가 책상을 '쿵' 치며 일어섰다.

"기본소득은 새로운 제도입니다. 기존 제도의 문제를 얘기하지 않고 어떻게 설명할 수 있나요?"

데이비드의 표정이 더욱 차갑게 변했다.

"새 제도를 말하는 것과 체제를 무너뜨리는 건 다릅니다. 후원사들은 이번 대회가 청소년들을 과격하게 만들지 않을까 우려하고 있습니다."

그제야 재명이 천천히 자리에서 일어났다. 목소리는 낮았지만 단단했다.

"그럼, 결국 어떻게 하자는 말씀인가요?"

데이비드는 두꺼운 문서를 들어 보였다.

"72시간. 정확히 72시간 안에 우리가 제시하는 가이드라인에 맞춰 선언문을 작성하세요."

"가이드라인이라고요?"

지원이 눈을 가늘게 뜨며 물었다.

"네. 첫째, 기존 정치 체제에 대한 비판 금지. 둘째, 급진적 변화 요구 금지. 셋째, 기본소득은 기존 복지제도의 단순 보완재로만 기술할 것."

컨퍼런스룸의 공기가 꽁꽁 얼어붙었다.

"그건…."

마야가 떨리는 목소리로 말했다.

"그건 기본소득이 아니에요! 기본소득의 핵심은 무조건성인데 그렇게 제한하면 아무 의미도 없어져요!"

"그것이야말로 현실적인 접근입니다."

데이비드의 눈빛은 냉정하기만 했다.

"이상과 현실은 다릅니다. 여러분이 정말 기본소득을 실현하고 싶다면 기존 체제와의 타협은 불가피합니다."

안나가 의자를 밀치며 일어섰다. 파란 눈동자가 강렬하게 빛났다.

"만약 우리가 거부하면요?"

"모든 후원이 즉시 중단됩니다. 대회는 강제 종료되고, 여러분은 각자 본국으로 돌아가야 합니다."

그 말이 끝나자, 참가자들 사이에서 깊은 탄식이 터져 나왔다. 누군가는 눈을 감았고, 누군가는 이를 악물었다. 그 순간 모두가 느꼈다. 이제 단순한 토론이 아니라 거대한 싸움이 시작됐다는 걸.

"말도 안 돼! 이건 협박이잖아요!"

카를로스가 자리에서 벌떡 일어나 주먹을 움켜쥐었다. 얼굴은 분노로 붉게 달아올라 있었다.

"협박이 아니라 현실입니다."

데이비드는 시계를 차갑게 흘겨봤다.

"72시간. 정확히 72시간 안에 최종 결정을 내려주십시오."

컨퍼런스룸은 순식간에 얼어붙었다. 5년을 기다려온 무대가 이렇게 허무하게 무너질 수 있다는 생각에 참가자들의 심장은 땅속으로 가라앉는 듯 무겁게 내려앉았다. 그때였다.

"잠깐."

에이노가 천천히 자리에서 일어섰다. 놀라울 만큼 침착한 목소리였다. 참가자들의 시선이 일제히 그에게 꽂혔다.

"전 이 가이드라인에 동의합니다."

순간 주위가 정적에 휩싸였다. 참가자들의 눈에는 충격과 분노, 배신감이 한꺼번에 뒤엉켜 떠올랐다.

"에이노…?"

지원의 목소리가 떨렸다. 어젯밤 자신에게 사랑을 고백했던 그가 완전히 낯설게만 보였다.

"지원! 현실적으로 생각해 봐. 아무 성과도 못 얻고 돌아가는 것보단 작은 성과라도 챙기는 게 낫잖아?"

"뭐, 작은 성과?"

루카스가 믿기지 않는다는 듯 눈을 크게 떴다.

"그건 성과가 아니라 굴복입니다. 우리가 원하는 건 진짜 기본소득이지, 가짜 복지가 아니라고요!"

"하지만 한 번에 모든 걸 바꿀 순 없어요."

에이노는 강연이라도 하듯 차분히 말을 이었다.

"점진적으로 접근하는 게 가장 현명한 방법이라고요."

철희는 에이노를 노려봤다. 심장이 쿵쿵 뛰었다. 그의 직감은 맞았다. 에이노는 처음부터 이 순간을 위해 준비된, 스폰서의 사람이었다.

"에이노…."

지원의 목소리에 실망이 가득 묻어났다.

"정말 그럴 생각이야?"

"지원, 난 현실주의자야."

에이노는 지원을 똑바로 바라보았다. 하지만 그의 눈빛은 어제와 달랐다. 어제의 따뜻함은 사라지고, 얼음처럼 차가운 빛만 남아 있었다.

"이상만으론 세상을 못 바꿔. 때론 타협이 필요해."

지원은 말문이 막혔다. 눈앞이 어지러웠다.

"하지만 어제까지만 해도…."

"어제와 오늘은 달라."

에이노의 목소리는 알래스카의 빙하처럼 차갑게 울렸다.

"상황이 바뀌었으니까."

철희가 더는 참지 못하고 벌떡 자리에서 일어섰다. 지원이 느끼는 배신감, 그리고 이 자리를 짓누르는 모욕을 그냥 두고 볼 수 없었다.

"에이노!"

철희의 외침이 컨퍼런스룸의 정적을 날카롭게 갈랐다.

"아침에 통화한 거 다 들었어! 지원이 이름을 말하면서 '계획대로'라고 했잖아!"

순식간에 공기가 얼어붙었다. 각국 대표들의 시선이 일제히 철희에게 꽂혔다.

"뭐라고? 지금 뭐라 그랬어?"

지원이 믿기지 않는다는 얼굴로 철희에게 물었다.

"화장실에서 다 들었어! 네가 일부러 지원이에게 접근했다는 것도 다 들었다고!"

철희의 목소리는 분노와 떨림으로 가득했다. 그 말을 들은 에이노의 얼굴이 하얗게 변했다. 마치 가면이라도 벗겨진 듯 당황한 기색이었다.

"철희… 무슨 말 하는 거야? 잘못 들은 거겠지."

애써 태연한 척했지만, 그의 눈빛은 크게 흔들리고 있었다.

"아니야! 분명히 네 입으로 지원이 이름을 말했어. 계획이니

뭐니 다 꾸미고 있었잖아!"

철희가 고함쳤다. 참가자들 사이에서 술렁거림이 일었다.

"그게 사실이야?"

마야가 날카롭게 물었다.

"그, 그건 오해야! 철희가 잘못 들은 거라니까!"

에이노가 더듬거리며 변명했지만, 목소리에는 힘이 하나도 없었다. 말끝마다 금방이라도 무너질 듯 흔들렸다.

그 말을 들은 지원의 얼굴이 순식간에 하얗게 질렸다. 눈동자가 흔들리며 숨조차 제대로 쉬지 못했다. 그와 함께 지원이 쓰러질 듯 무너져 내리자, 재명이 황급히 지원을 붙잡았다.

"에이노, 정말이야?"

지원이 떨리는 목소리로 물었다. 하지만 에이노는 대답하지 않았다. 그 침묵이 오히려 모든 걸 말해주고 있었다.

"지원아, 미안해."

그의 입에서 겨우 두 마디가 흘러나왔다.

"미안? 그게 무슨 뜻이야? 설명해 봐!"

지원은 금방이라도 울음을 터뜨릴 것만 같았다.

"나도 어쩔 수가 없있어."

에이노가 고개를 깊숙이 숙였다. 하지만 더는 말을 잇지 않았다. 그 모습을 본 재명의 분노가 폭발했다.

"도대체 뭐가 어쩔 수 없다는 거야? 똑바로 말해!"

"그건 나중에 말할게. 지금은 시간이 없어."

에이노는 끝내 눈을 피하며 서둘러 회의장을 빠져나갔다. 그 순간을 기다렸다는 듯 데이비드 스미스가 목소리를 높였다.

"이런 감정적인 다툼은 아무런 소용이 없습니다."

그의 표정은 얼음처럼 차갑고 냉정했다.

"중요한 건 앞으로 여러분이 어떤 선택을 하느냐는 거예요."

그러자 안나가 단호한 목소리로 말했다.

"난 절대 타협하지 않을 거야. 스위스에서 기본소득 국민투표에서 졌을 때도 우린 포기하지 않았어. 지금도 마찬가지야."

"나도 동의해!"

마야가 자리에서 벌떡 일어났다.

"우리가 여기 왜 왔는지 잊지 마! 굴복하러 온 게 아니야. 희망을 만들러 온 거라고!"

하지만 모두가 같은 생각은 아니었다. 회의실 구석에서 불안한 목소리가 흘러나왔다.

"근데…."

몽골 대표 아리우나가 조심스럽게 입을 열었다.

"72시간 뒤에 대회가 끝나면 우린 어떻게 돼? 집에 돌아가면 부모님이나 정부한테 뭐라고 말해야 해?"

일본 대표도 걱정스러운 얼굴로 거들었다. 회의장은 술렁였다. 참가자들이 점점 둘로 갈라지고 있었다. 끝까지 싸우자는 쪽, 그리고 현실적으로 타협하자는 쪽.

"잠깐만요!"

재명이 자리에서 일어나 외쳤다. 목소리는 무겁고 단단했다.

"우리 지금 감정에 휩쓸려서 성급하게 결정하는 건 현명하지 않아요."

"그게 무슨 뜻입니까?"

루카스가 물었다.

"우리에겐 72시간이 주어졌잖아요."

재명이 참가자들을 차례로 바라봤다.

"그 시간 동안 그냥 항복할 건지, 아니면 저항할 건지만 고민하지 말고, 제3의 길을 찾아보는 건 어떨까요?"

"제3의 길?"

여러 명이 동시에 되물었다.

"스폰서의 굴욕적인 요구를 거부하면서도 빈손으로 돌아가지 않는 방법 말이에요!"

재명의 목소리가 흔들림 없이 울렸다.

"맞아!"

철희의 눈이 반짝 빛났다.

"우리 힘으로 할 수 있는 게 분명히 있을 거야!"

"근데 우린 돈도 없고 힘도 없잖아. 어떻게 해?"

아리우나가 불안한 눈빛으로 물었다.

"돈과 권력만이 세상을 바꾸는 건 아니야."

지원이 눈물을 닦으며 일어섰다. 조금 전까지 흔들리던 모습은 사라지고 결연한 표정이 얼굴에 스며 있었다.

"우리한텐 진심이 있고, 열정이 있고, 포기하지 않는 의지가 있어."

데이비드 스미스가 비웃듯 고개를 저었다.

"진심과 열정? 그런 추상적인 걸로 무엇을 할 수 있겠습니까?"

재명이 그를 똑바로 바라보았다.

"지켜보면 알게 되겠죠."

재명의 목소리엔 젊은 패기와 확신이 담겨 있었다.

"72시간. 그 안에 기적을 만들어보겠습니다!"

"기적이라고요?"

스미스가 코웃음을 쳤다.

"그래, 기적."

안나가 다시 일어서며 힘주어 말했다.

"스위스 산맥에서도 기적은 일어나. 불가능해 보이던 길이 갑자기 열리기도 하니까."

회의장 안에 서서히 희망의 기운이 퍼져나갔다. 하지만 동시에 커다란 불안도 짙게 드리워졌다. 과연 72시간 안에 무엇을 할 수 있을까? 더 무서운 건 '프로젝트 오로라 4단계'라는 정체불명의 계획을 어떻게 막을 수 있느냐였다.

"좋아요. 해봅시다. 어차피 우리가 잃을 건 없잖아요."

카를로스가 주먹을 불끈 쥐며 말했다. 철희는 그런 카를로스를 바라보며 속으로 생각했다.

'정말 대단한 사람이야. 이런 위기 속에서도 끝까지 포기하지 않는 모습. 정말 존경스러워.'

하지만 동시에 불안이 밀려왔다. 그동안 자신은 허영심에만 매달렸던 게 아닐까. 과연 이런 중요한 순간에 제대로 역할을 할 수 있을까. 그러나 한 가지는 분명했다.

'이제는 무조건 해봐야 해. 포기할 수는 없어.'

13
테러의 위협

컨퍼런스룸
10월 14일 오후 1시

72시간이라는 짧은 시간이 모두의 숨통을 천천히 조여오고 있었다. 에이노의 배신은 여전히 지원의 가슴에 가시처럼 깊이 박혀 있었고, 스폰서들의 협박은 그들이 쌓아 올린 꿈을 하나둘 무너뜨리고 있었다.

"일단 우리끼리 모여서 대책을 세우자."

안나가 제안하자, 참가자들은 고개를 끄덕였다. 데이비드 스미스의 차가운 시선이 감도는 이 자리에서는 진심을 나눌 수 없었다. 자리에서 일어나던 지원은 무심코 재명을 바라봤다. 어제까지만 해도 질투와 소심함이 보이던 재명의 눈빛이 완전히 달라져 있었다. 단단하고 결연한 눈빛이 낯설면서도 믿음직스러웠다.

그 순간이었다.

'삐이이이이익—!'

귀를 찢는 경보음이 호텔 전체를 울렸다.

"비상 상황입니다!"

스피커에서 기계음 같은 목소리가 울려 퍼졌다.

"모든 투숙객과 방문자는 즉시 건물에서 대피해 주시기 바랍니다. 폭탄 위협 신고가 접수되었습니다!"

순간, 참가자들의 표정이 얼어붙고 말았다.

"폭탄이라고?"

마야의 목소리가 로비에 울려 퍼졌다. 그 한마디에 평화는 산산조각이 났다. 여기저기서 공포에 질린 울음소리가 들려왔다.

"엘리베이터는 사용하지 마시고, 비상계단을 이용해 주십시오!"

"이게 진짜일까? 아니면…"

루카스의 목소리는 공포로 떨리고 있었다. 심지어 데이비드 스미스조차 당황한 기색을 감추지 못했다. 차갑고 이성적이던 그의 얼굴이 서서히 흙빛으로 변해갔다.

"모두 침착하십시오!"

호텔 직원이 문을 박차고 들어왔다. 하지만 이미 참가자들은 이미 공포에 사로잡혀 있었다.

"비상계단으로 대피해 주십시오!"

하지만 사람들은 출구 쪽으로 한꺼번에 몰려들었다. 폭탄이라는 단어 앞에 질서는 한순간에 무너져 내렸다.

"밀지 마세요!"

"차례대로 움직이세요!"

직원들의 외침은 소음 속에 묻혀버렸다. 그때 인파에 휩쓸린 지원이 균형을 잃고 앞으로 고꾸라지고 말았다.

"앗!"

짧은 비명과 함께 지원의 얼굴이 고통으로 일그러졌다.

"지원아!"

깜짝 놀란 철희가 소리쳤다. 재명이 뒤돌아보자, 수많은 발걸음이 지원을 향해 쏟아지고 있었다. 지원을 짓밟고 지나가려는 사람들의 모습이 순간 괴물처럼 보였다.

"지원아! 기다려, 내가 갈게!"

재명이 온 힘을 다해 소리쳤지만, 아무도 귀 기울이지 않았다. 하나같이 자기 몸 하나 챙기기에 급급했다. 재명은 지원을 향해 안간힘을 다해 나아갔다. 어깨가 거칠게 부딪히고, 발이 짓밟혔지만 아픔을 느낄 겨를도 없었다. 간신히 지원에게 다가갔을 때, 지원은 발목을 움켜쥔 채 바닥에 주저앉아 있었다.

"지원아, 괜찮아?"

재명이 숨을 몰아쉬며 물었다.

"다리가 너무 아파. 발목을 삔 것 같아."

눈물이 가득 고인 얼굴로 지원이 재명을 올려다보았다. 재명이 무릎을 꿇고 그녀의 발목을 살펴보았다. 빨갛게 변한 다리가 빠르게 붓고 있었다. 재명이 신발을 벗기자, 지원이 비명을 질렀다. 늘 환하던 얼굴이 심하게 일그러졌다. 재명이 부축해 일으키려 했지만, 지원은 금세 다시 무너져 내렸다.

"발목 때문에 서기 힘들어."

"내가 업어줄게."

재명이 등을 보이며 단호하게 말했다.

"괜찮아. 혼자 갈 수 있어."

지원이 애써 다시 일어서려 했지만, 발을 디디는 순간 신음과 함께 심한 통증으로 얼굴을 찡그렸다.

"시간 없어! 진짜 폭탄일 수도 있잖아!"

재명은 망설임 없이 등을 돌렸다.

"재명아!"

지원이 떨리는 목소리로 말했다. 고마움과 그보다 더 깊은 감정이 차올랐다.

"걱정하지 마. 내가 꼭 안전한 곳으로 데려다줄게."

재명이 지원을 업는 순간, 따뜻한 체온이 등에 전해졌다. 가느나란 팔이 목을 감싸고 지원의 숨결이 귀를 스쳤다. 이렇게 위험한 순간인데도 재명은 이상하리만큼 편안함이 느껴졌다. 지원이 자신을 전적으로 믿고 있다는 사실이, 그를 더 강하게 만들었다.

"이쪽이야!"

철희가 다른 비상구를 발견하고 외쳤다.

"화재 비상구야!"

재명은 지원을 업은 채 철희를 따라갔다. 그런데 그때였다. '탁'하는 소리와 함께 호텔의 모든 불빛이 꺼져버렸다.

"정전이야!"

짙은 어둠이 회의장을 집어삼켰다. 사방에서 비명이 터졌고, 공포는 더 짙게 번졌다. 재명은 본능적으로 지원을 더 단단히 업었다. 지원의 떨림이 등에 고스란히 전해졌다.

"무서워?"

재명이 낮게 물었다.

"아니야."

하지만 지원의 목소리는 분명 떨리고 있었다.

"괜찮아. 내가 있잖아. 걱정하지 마."

재명이 휴대전화 플래시를 지원에게 넘겨주자 작은 빛이 주위를 밝혔다. 마치 세상에 둘만 남은 듯했다. 계단을 한 칸씩 내려가면서 재명은 지원의 숨소리에 귀 기울였다. 처음엔 가쁘고 불안했지만, 점점 고르게 변해갔다. 그건 지원이 자신을 온전히 믿고 있다는 증거였다.

"재명아, 무겁지 않아?"

지원이 조심스럽게 물었다.

"아니, 전혀. 깃털처럼 가벼운데."

재명이 웃어 보였지만 사실은 숨이 찰 만큼 힘들었다. 그런데도 이상했다. 그녀를 업고 있는 게 짐처럼 느껴지지 않고 오히려 자신을 더 강하게 만드는 것 같았다. 지금 중요한 건 자신의 체면이나 감정이 아니라, 지원의 안전이었다. 어둠 속 계단을 내려가던 재명은 문득 깨달았다.

'이게 진짜 용기구나.'

어제까지만 해도 에이노에게 질투하며 소심하게 굴던 자신이 부끄럽게 느껴졌다.

"재명아."

지원의 속삭임이 귀에 닿았다.

"응?"

"고마워."

짧은 세 글자였지만 단순한 인사만은 아니었다. 그 안에는 신뢰와 안도감, 그리고 더 깊은 감정까지 담겨 있었다.

"뭘. 당연한 거지."

재명은 태연한 척했지만, 목덜미가 뜨겁게 달아올랐다. 마침내 둘은 1층에 도착했다. 비상구 문을 밀자, 차가운 알래스카 바람이 얼굴을 스쳤다. 다른 잠가자늘도 하나둘 밖으로 쏟아져 나오고 있었다.

"지원아!"

철희가 달려와 다급히 물었다.

"발목은 괜찮아?"

"많이 아프진 않아."

지원이 재명을 바라보며 조용히 웃었다.

"재명이 덕분에 무사히 나왔어."

그 순간 재명은 알 수 있었다. 지원이 자신을 바라보는 눈빛이 어제와 달라졌다는 걸. 그리고 에이노가 남긴 상처가 조금씩 아물고 있다는 걸.

호텔 앞 주차장
10월 14일 오후 2시

"다행히 실제 폭탄은 없었습니다."

경찰관의 말에 모두가 안도의 숨을 내쉬었지만, 불안은 쉽게 가시지 않았다.

"하지만 신고는 실제로 들어왔습니다. 장난 전화가 아닙니다."

데이비드 스미스가 초조하게 물었다.

"누가 신고했는지 알 수 있습니까?"

"음성 변조기를 사용해서 추적이 어렵습니다."

그때, 카를로스가 자신의 휴대전화를 보며 외쳤다.

"이거 봐!"

화면에 뜬 뉴스 제목을 보는 순간, 참가자들은 충격에 휩싸였다.

"알래스카 청소년 기본소득 대회, 테러 위협으로 대피 소동"

"청소년들 배후에 좌파 극단주의 세력 의혹"

"과격한 반정부 선언문 작성 시도하다 발각"

"이게 뭐야?"

안나의 목소리가 떨려왔다. 재명도 곧바로 기사들을 검색했다. 한국, 독일, 인도, 브라질—모든 나라에서 똑같은 거짓 기사들이 동시에 쏟아지고 있었다.

"이거 다 거짓말이야!"

철희가 분노에 차 외쳤다.

"우린 그런 말 한 적도 없잖아!"

하지만 이미 인터넷은 가짜 뉴스로 뒤덮였다. 댓글 창에는 악의적인 비난이 폭주했고, 참가자들의 얼굴을 무단으로 가져와 '테러리스트'라는 낙인을 찍고 있었다.

"이건 누가 짜놓은 거야."

재명이 이를 악물며 중얼거렸다.

"우릴 의노석으로 부너뜨리려는 거라고!"

그때 재명의 휴대전화가 울렸다. 아버지였다.

"재명아! 너 지금 당장 돌아와라!"

아버지의 목소리엔 두려움이 가득 묻어 있었다.

* * *

"아빠? 왜 그러세요?"

"뉴스 못 봤냐? 나라가 뒤집어졌다! 너희가 테러리스트라고 나온다고!"

"아빠, 그건 전부 거짓말이에요. 우린 그런 적 없어요!"

"설명은 나중에 해. 일단 귀국해! 지금 집이 난리야!"

뒤에서 어머니의 울음소리가 섞여 들렸다.

"엄마가 왜 우세요?"

"회사에서 당장 나가래. 테러리스트 아들을 둔 직원은 같이 있을 수 없다고…"

재명의 손에서 휴대전화가 미끄러질 뻔했다. 세상이 무너져 내리는 것 같았다.

"그리고 협박 전화도 와. '너희 아들 때문에 나라가 망한다.'라면서…"

곧 전화 너머로 초인종 소리가 울렸다.

"또 왔다. 기자들이야. 재명아, 제발 돌아와라. 우리도 감당하기 힘들어."

전화가 뚝 끊겼다. 재명은 멍하니 서 있었다. 옆을 보니 다른 친구들도 똑같았다.

"엄마, 울지 마. 제발."

옆에선 지원이 울먹이며 전화를 붙잡고 있었다.

"난 잘못한 게 없는데. 왜 이러는 거야?"

* * *

재명은 다가가 그녀의 손을 잡았다. 놀란 지원이 고개를 들었다.

"나도 똑같아."

재명이 낮게 말했다.

"하지만 우린 잘못한 게 없어."

지원은 눈물이 그렁그렁한 채 재명이 손을 더 꽉 붙잡았다. 철희도 창백한 얼굴로 휴대전화를 내려놓았다. 화면에는 할아버지의 문자가 남아 있었다.

"즉시 집으로 돌아와라. 더 이상 관여하지 마라. 내가 걱정한 일이 현실이 됐다."

철희의 머릿속은 혼란스러웠다.

'정말 할아버지가 옳았던 걸까? 세상은 내가 생각했던 것보다 훨씬 복잡한 걸까? 정말 내가 너무 순진했던 걸까?'

30분 뒤, 각국 정부에서 긴급 귀국 명령이 떨어졌다. 세 친구에게도 대사관에서 전화가 왔다.

"한국 청소년 참가자들은 즉시 대사관으로 오십시오. 오늘 밤 9시 비행기로 출발합니다."

"하지만 우린 아무 잘못도 없는데요."

재명이 항의했지만, 돌아온 대답은 냉정했다.

"그 얘기는 한국에 돌아가서 하십시오."

대사관 직원은 그렇게 말하곤 전화를 끊어버렸다. 세 친구는

* * *
* * *

말없이 서로를 바라보았다. 5년 동안 가꿔온 꿈이 하루아침에 무참히 깨져버렸다. 안나, 마야, 카를로스… 다른 나라 참가자들도 하나둘씩 짐을 챙겨 귀국길에 오르고 있었다. 세계 청소년 기본소득 대회는 본격적인 논의는 해보지도 못한 채 무너져 내렸다.

"우리 진짜 가야 하는 거야?"

지원이 눈물을 흘리며 물었다. 재명은 그녀의 손을 더 힘껏 잡았다.

"아직 끝난 거 아니야."

목소리는 떨렸지만, 그 안에는 포기하지 않겠다는 의지가 분명히 담겨 있었다. 철희는 두 친구를 바라보며 마음속으로 다짐했다.

'지금까지는 허영심으로 살았지만, 이 순간만큼은 진짜로 친구들을 지키고 싶어!'

알래스카의 차가운 바람이 얼굴을 스쳤다. 하지만 맞잡은 손에서 전해지는 온기는 쉽게 사라지지 않았다. 꿈과 현실 사이에서, 사랑과 절망 사이에서, 세 친구는 마지막 선택 앞에 서 있었다. 굴복할 것인가, 아니면 끝까지 싸울 것인가? 시간은 계속 흘렀고 밤 9시 비행기는 기다려주지 않을 터였다. 하지만 재명과 지원은 여전히 손을 꼭 맞잡고 있었고 철희도 그 곁에 서 있었다. 그 순간 아주 작은 희망의 씨앗이 그들 사이에 움트고 있었다.

14
분열과 갈등

알래스카 앵커리지 국제공항
10월 14일 오후 4시 (68시간 남음)

공항 로비는 전쟁터 같았다. 각국에서 온 청소년들이 허겁지겁 짐을 챙기며 귀국 준비를 하고 있었다. 어제까지만 해도 꿈과 희망으로 반짝이던 얼굴들은 이제 패배감과 절망으로 잿빛에 물들어 있었다.

"안나, 정말 가는 거야?"

마야가 믿을 수 없다는 얼굴로 물었다. 독일 대표단이 캐리어를 끌고 출국장으로 향하는 모습을 보자, 그녀의 마음도 무너져 내렸다.

"미안해, 마야."

안나는 고개를 떨구었다.

"스위스 정부의 압력이 너무 심해. 그리고…"

안나의 목소리가 떨렸다.

"어젯밤 엄마랑 통화했는데, 계속 울기만 하셨어. 이웃들이 수군거리고, 아빠 회사에서도 눈치를 준다고 하더라. 나 때문에 가족이 고통받는 걸 더는 볼 수 없어."

"하지만 우리가 꿈꿔왔던 일이잖아?"

마야의 목소리는 간절했다.

"꿈?"

안나는 쓸쓸하게 웃었다.

"꿈이 현실이 되려면 대가가 필요해. 그 대가가 가족의 행복이라면 나는 감당할 자신이 없어."

한편, 한국 대표단도 공항 한쪽에서 마지막 회의를 하고 있었다. 밤 9시 비행기까지 남은 시간은 단 5시간. 그들에게 주어진 마지막 기회였다.

"정말 돌아가야 해?"

지원의 목소리엔 절망이 묻어 있었다. 그녀는 목발을 짚고 있었고, 발목보다 더 깊은 상처가 마음을 짓누르고 있었다. 재명은 한동안 대답하지 못했다. 아버지의 울먹이던 목소리가 여전히 귓가를 맴돌고 있었기 때문이다.

"지원아!"

그의 목소리는 무겁게 가라앉아 있었다.

"현실을 봐야 해. 부모님들이 얼마나 고생하고 계시는지 알잖아."

"하지만 우린 5년을 기다렸어."

지원의 눈가에 눈물이 맺혔다.

"5년을 기다렸는데 하루 만에 이렇게 무너지는 게 현실이라니."

재명은 가슴이 찢어질 듯 아팠다. 그러나 더 이상 이상만을 이야기할 수 없었다. 현실의 무게가 그의 어깨를 짓눌렀다. 철희가 노트북 화면을 바라보며 창백한 얼굴로 말했다.

"한국 언론이 난리야. '청소년 기본소득 운동가들, 알래스카에서 급진화', '10대들의 위험한 사회주의 실험' 이런 제목의 기사가 계속 쏟아지고 있어."

스크롤을 내리는 철희의 손가락이 심하게 떨리고 있었다.

"온라인 커뮤니티에 우리 신상까지 퍼지고 있어. 학교, 집 주소, 부모님 직장까지. 댓글들은 말도 못 해."

철희의 목소리가 갈라졌다. 화면 속 악플들이 그대로 가슴을 찌르는 것 같았다.

'할아버지가 걱정하신 게 바로 이거였나? 세상은 정말 이렇게 잔인한 걸까?'

철희는 한숨을 쉬며 자신에게 물었다.

'그렇다고 그냥 포기해야 할까? 아니야, 할아버지도 젊을 땐 분명 도전을 했을 거야.'

옆에 있던 재명도 깊은 한숨을 토해냈다.

"이게 정말 우리가 원했던 결과일까?"

"재명아, 무슨 소리야?"

지원이 눈을 크게 뜨고 물었다.

"우리가 뭘 잘못했다고 그래?"

재명은 잠시 말을 고르다 힘없이 고개를 저었다.

"잘못한 건 아니지. 근데 우리가 너무 순진했나 봐. 세상이 이렇게 냉혹할 줄은 몰랐어."

재명의 어깨가 떨려왔다. 어제까지만 해도 세상을 바꿀 수 있다고 굳게 믿었던 확신이, 지금은 파도에 쓸려 내려가는 모래성처럼 무너져 내리고 있었다.

공항 카페
10월 14일 오후 5시 (67시간 남음)

세 친구는 카페 구석 테이블에 앉아 있었다. 손에는 따뜻한 커피잔이 쥐어져 있었지만, 아무도 입에 대지 못했다. 무거운 침묵이 주위를 짓눌렀다.

"솔직히 말할게."

재명이 먼저 입을 열었다. 커피잔을 만지작거리던 손이 미세하게 떨리고 있었다.

"우리가 하는 일이 진짜 의미가 있을까?"

"그건 또 무슨 이야기야? 왜 그래?"

철희가 놀라 몸을 앞으로 기울였다.

"생각해 봐."

재명의 목소리가 점점 격해졌다.

"우린 고작 열일곱이야. 정치, 경제, 사회 등 제대로 아는 것도 없는데 기본소득을 외치고 다닌 건 아닐까? 어른들도 수십 년 고민해도 답을 못 찾은 문제를 우리가 며칠 만에 해결할 수 있다고 믿은 게. 그게 오만이었던 건 아닐까?"

지원이 재명을 바라보았다. 평소와는 달리 절망과 회의가 가득한 눈빛이었다.

"재명아, 너 정말 그렇게 생각해?"

"어제까진 확신했어. 근데 지금은 다 흔들려. 기본소득이 정말 필요한 건지, 우리가 옳은 건지? 아니면 어른들 말대로 그냥 공부나 열심히 해야 하는 건지."

재명은 고개를 숙인 채 낮게 말을 이어갔다.

"아빠는 밤마다 대리운전하시고, 엄마는 언제 살릴지 몰라서 늘 불안해해. 그런 부모님께 내가 '기본소득이 답이에요'라고 말할 자격이 있을까? 내가 뭘 안다고."

철희가 조심스레 그의 어깨에 손을 올렸다.

* * *
* * *

"재명아, 어른들이 항상 옳은 건 아니야."

하지만 철희의 목소리도 흔들리기는 마찬가지였다. 그 역시 할아버지의 현실적인 말과 자신이 붙잡고 싶은 이상 사이에서 갈팡질팡하고 있었다.

"근데 부모님들이 이렇게 힘든데 내가 여기서 이상 얘기만 하는 게 맞아? 집에는 협박 전화가 오고 엄마는 회사에서 눈치 보고. 이게 정의야? 이게 옳은 거야?"

재명이 목소리엔 깊은 절망감이 묻어 있었다. 그때 지원이 조용히 그의 손을 잡았다.

"재명아, 우리가 포기하면 뭐가 달라질까?"

"적어도 부모님들은 고생 안 하시겠지."

"그리고 그다음은?"

지원의 목소리는 떨렸지만 단단했다.

"아버지가 대리운전 안 하셔도 돼? 어머니가 불안해하지 않으셔도 돼?"

재명은 대답하지 못했다.

"포기한다고 문제가 사라지는 건 아니잖아?"

지원의 눈빛이 흔들림 없이 빛났다.

"아무것도 바꾸지 못하고 그냥 체념하는 거랑 뭐가 달라?"

철희가 힘주어 말을 보탰다.

"재명아, 우리 할아버지 얘기 기억해? 40년 전에 막노동하시면서도 언젠가 내 회사를 세울 거라고 말했대. 그때 사람들은 비웃었지. 가난한 사람이 무슨 꿈이냐면서."

"그건 다르잖아."

재명이 반박했다.

"뭐가 달라? 불가능해 보이는 일 해낸 건 똑같잖아. 할아버지가 포기했으면 지금의 우리 가족이 있었을까?"

철희는 그렇게 말하면서도 그 역시 속으로는 불안했다.

'내가 하는 말이 정말 맞을까? 할아버지도 돌아오라고 하시는데?'

재명은 두 친구의 말을 들으며 머릿속이 더 복잡해졌다. 당장이라도 포기하고 싶었지만, 마음 한쪽에선 끝까지 버텨야 한다는 생각이 일었다. 마침, 옆 테이블에서 들려온 목소리가 가슴을 더 짓눌렀다.

"브라질 대표도 내일 아침 비행기래."

"몽골 팀은 이미 떠났고, 덴마크도 마찬가지야."

"결국 아무도 남지 않을 거야."

재명의 마음이 더 무겁게 가라앉았다.

"봐, 다들 포기하고 있잖아. 우리만 고집부리는 게 의미가 있어? 현실을 무시하고 버티는 게 용기일까, 아니면 그냥 고집일까?"

지원은 잠시 침묵하다가 낮게 물었다.

"재명아, 나한테 솔직하게 말해줘."

"뭘?"

"너 진짜 기본소득이 필요 없다고 생각해? 지금도 편의점에서 밤새 알바하는 친구들, 학원비 때문에 힘들어하는 부모님들, 미래가 불안해서 잠 못 이루는 사람들. 그런 사람들에게 기본소득이 필요 없다고 생각해?"

재명은 쉽게 대답하지 못했다. 한참이 지나서야 힘없이 고개를 끄덕였다.

"필요하지. 당연히 필요해."

"그럼, 왜 포기하려고 해?"

지원의 눈빛이 재명을 깊이 파고들었다. 그 속에는 간절함과 두려움이 뒤섞여 있었다.

"어려워서 그래. 불가능해 보여서. 우리 같은 애들이 할 수 있는 일이 아닌 것 같아서."

재명이 고개를 떨궜다.

"그게 현실이잖아."

"맞아. 현실은 그래."

지원이 잠시 숨을 고르더니 낮은 목소리로 말을 이었다.

"근데 그게 포기할 이유가 될까?"

재명은 지원을 바라봤다. 계단으로 그녀를 업고 내려왔던 긴박했던 순간이 떠올랐다. 그때 지원은 온전히 자신을 믿었었다.

* * *

"솔직히 말하면…"

지원이 다시 입을 열었다.

"나도 무서워. 진짜 무서워."

"뭐가?"

재명이 조심스레 물었다.

"실패할까 봐. 우리가 그냥 바보 같은 짓을 하는 걸까 봐. 결국 아무것도 못 바꾸고 시간만 흘려보내는 걸까 봐."

지원의 목소리가 심하게 떨렸다.

"근데 그보다 더 무서운 게 있어."

"뭔데?"

"포기하고 나서 평생 후회하는 거. 그때 조금만 더 해봤으면 어땠을까 하고 자책하는 거."

순간 재명이 고개를 들어 지원을 똑바로 바라보았다. 두려움을 인정하면서도 포기하지 않으려는 지원의 모습이 너무도 용감해 보였다. 철희가 조용히 말했다.

"나도 솔직히 말할게. 어젯밤에 한숨도 못 잤어. 계속 생각했거든. 우리가 정말 옳은 일을 하는 걸까? 아니면 그냥 철없는 꿈을 꾸는 걸까?"

철희는 말을 잠시 멈추더니 깊게 숨을 내쉬었다.

"오늘 새벽에 할아버지랑 통화했어. 근데 할아버지가 그러시더라. '철희야, 네가 뭘 하려는지는 잘 모르겠다. 하지만 한 가지는 확실하다. 젊을 때 후회하지 않을 선택을 해라. 나이 들어서 하는 후회가 제일 아프다'라고."

그렇게 말한 철희는 다시 한번 할아버지의 말씀을 되새겨 보았다.

'할아버지가 굳이 말리지 않으신 건 내가 틀리더라도 젊을 때의 실수는 괜찮다고 생각해서일까? 아니면 정말 나를 믿어주신 걸까?'

재명은 두 친구를 번갈아 바라봤다. 두려움 속에서도 포기하지 않겠다는 결의가 눈빛 속에 살아 있었다. '이게 진짜 우정이구나. 서로 다른 생각과 두려움이 있어도 결국 같은 꿈을 향해 서 있는 거.'

"알겠어."

재명이 천천히 고개를 들었다.

"나도 후회하고 싶지 않아."

"정말?"

지원의 얼굴에 환한 빛이 번졌다.

"응. 그리고 이번엔 우리 힘으로 해보자. 어른들이나 후원사에 기대지 말고, 우리만의 방식으로."

철희가 미소를 지었다.

"좋아. 정말 청소년들의 힘으로."

"그런데 어떻게?"

지원이 현실적인 질문을 던졌다.

"다른 나라 친구들은 다 떠나고 있는데."

재명이 주변을 둘러봤다. 공항 곳곳에서 참가자들이 하나둘 떠나고 있었다.

"남은 사람끼리라도 해보자. 소수라도 힘을 합치면 뭐라도 해낼 수 있을 거야."

공항 로비
10월 14일 오후 6시 (66시간 남음)

한국팀이 남은 참가자들을 찾아다니며 물어본 결과는 충격적이었다. 대다수 팀이 이미 떠났거나 곧 떠날 예정이었다.

"결국 오늘 밤까지 남는 팀이 우리뿐인 거야?"

재명이 실망한 듯 중얼거렸다.

"아니야."

뒤에서 익숙한 목소리가 들려왔다. 마야였다.

"인도팀도 남기로 했어."

"정말?"

지원이 눈을 크게 떴다.

"응. 우리도 많이 고민했어. 부모님도 걱정하시고, 정부에서도 압력이 심했거든. 그래도 여기까지 와서 그냥 포기하기엔 너무 아깝다고 생각했어. 무엇보다 우리나라에도 도움이 필요한 사람들이 많으니까."

그 말에 작은 희망의 불씨가 피어올랐다.

"다른 팀은 어때?"

"카를로스는 아직 고민 중이야. 부모님은 걱정하시지만, 본인도 포기하기는 싫다고 했어."

철희가 주저 없이 말했다.

"내가 직접 가서 얘기해 볼게."

"좋은 생각이야."

지원이 고개를 끄덕였다.

잠시 후, 철희는 카를로스와 함께 돌아왔다.

"브라질팀도 남겠습니다."

카를로스의 목소리는 단단했고, 얼굴은 전보다 강한 의지로 빛나고 있었다.

"정말이에요?"

지원이 환하게 물었다.

"네. 철희가 좋은 말을 해줬습니다. '용기는 두려움이 없는 게 아니라, 두려움에도 불구하고 옳은 일을 하는 거다'라고요."

카를로스가 철희를 향해 미소를 지었다. 철희는 얼굴을 붉히며 고개를 숙였다. 속으로는 뿌듯했지만, 다시는 허영심에 빠지지 않겠다고 다짐했다. 그때 또 다른 목소리가 들려왔다.

"저도 있어요."

뒤돌아보니 루카스가 서 있었다.

"루카스? 곧 독일 가는 비행기 탄다더니?"

카를로스가 놀란 눈으로 물었다.

"탑승 수속을 밟으면서 계속 생각했어. 이대로 포기하면 평생 후회할 것 같더라고. 그래서 발권을 포기하고 돌아왔어."

"정부한테는 뭐라고 했어요?"

마야가 걱정스러운 얼굴로 물었다.

"며칠만 더 기다려 달라고 했어요. 그리고 독일에도 기본소득을 지지하는 분들이 있어서 우리를 돕겠다고 했어요."

이제 다섯 팀이 남았다. 한국, 인도, 브라질, 독일, 그리고…

"스위스팀도 남을 거야."

안나가 나타나며 말했다.

"우리도 포기하고 싶지 않아."

많지는 않아도 함께할 동료가 있다는 사실만으로도 힘이 생겼다.

"그럼, 이제 어떻게 하지?"

마야가 물었다.

"우리 먼저 비행기부터 취소하자."

재명이 단호하게 말했다.

"괜찮을까? 부모님들이 더 걱정하실 텐데."

지원이 조심스럽게 물었다.

"다시 한번 말씀드리자."

재명이 결심한 듯 고개를 끄덕였다.

"우리가 왜 남으려는 건지, 얼마나 신중하게 고민했는지, 솔직하게 다 말하자."

철희는 할아버지를 떠올리며 마음속으로 중얼거렸다.

'할아버지, 제 선택이 옳은 건지 아직도 잘 모르겠어요. 하지만 후회하지 않을 선택을 하라고 하셨잖아요. 이번만큼은 저를 믿어주세요.'

불안은 여전히 가슴속에서 꿈틀거렸지만 한 가지는 분명했다. 지금 내리는 선택만큼은 후회하지 않을 거라는 것. 그리고 곁에 믿을 수 있는 친구들이 있다는 사실이 철희에게 큰 힘이 되었다. 알래스카의 해가 천천히 저물고 있었다. 공항 창밖은 어둠에 잠겼지만, 다섯 팀의 청소년들은 여전히 자리를 지키고 있었다. 이제는 그들만의 힘으로 무언가를 만들어야 했다. 그들은 알았다. 기적은 기다리는 게 아니라 스스로 만들어내는 거라는 것을. 어둠 속에서도 희망의 불빛은 꺼지지 않았다.

15
오로라의 계시

앵커리지 국제공항 외곽
10월 14일 저녁 8시 (64시간 남음)

한국팀의 비행기 시간이 한 시간 앞으로 다가왔다. 시계 초침 소리가 유난히 크게 울려 퍼지는 듯했다.

"정말 안 갈 거지?"

마야가 불안한 눈빛으로 물었다. 친구들을 잃을까 봐 두려움이 목소리에 묻어 있었다.

"이미 연락했어."

재명이 휴대전화를 내려다보았다. 읽히지 않은 메시지들이 줄 줄이 쌓여 있었다.

"아직 답장은 없지만."

재명이 부모님께 보낸 문자는 짧았지만, 간절함이 담겨 있었다.

"아빠, 엄마, 죄송해요. 조금만 더 시간을 주세요. 꼭 의미 있는 일을 하고 돌아갈게요. 걱정 끼쳐드려 미안해요. 사랑해요."

"한국 대사관에서도 뭐라고 할 텐데."

안나가 걱정스러운 얼굴로 중얼거렸다.

"그건 나중 문제야."

철희가 단호하게 말을 잘랐다.

"지금은 우리가 뭘 할 수 있는지부터 생각해야지."

공항 카페 구석 테이블에 아홉 명이 모였다. 한국 세 명, 인도 두 명, 브라질 두 명, 독일 한 명, 스위스 한 명. 수백 명이 참가했던 대회에서 이제 남은 건 그들뿐이었다. 하지만 그 속엔 희망의 불씨가 꺼지지 않고 있었다.

"솔직히…"

카를로스가 조심스럽게 입을 열었다.

"우리가 뭘 할 수 있을까요? 돈도 없고, 후원사도 없고, 언론은 우리 편이 아니잖아요."

"그래도 포기할 순 없어요!"

지원의 목소리가 단단하게 울렸다.

"5년을 기다렸는데, 이렇게 끝낼 수는 없잖아요."

그때, 뒤에서 친숙한 목소리가 들려왔다.

"여러분, 무슨 고민을 그렇게 하고 계세요?"

모두가 돌아보니 며칠 전 자연 투어에서 만났던 톰 아투크가

서 있었다. 얼굴에는 여전히 따뜻한 미소가 번져 있었다.

"톰 아저씨!"

재명이 반갑게 자리에서 벌떡 일어났다.

"여긴 어떻게?"

"공항에서 청소 일도 하고 있거든요."

톰이 부드럽게 웃으며 말했다.

"며칠 전에 만난 한국 친구들이 왜 이렇게 풀이 죽어 있나 궁금했어요."

그 말에 남은 친구들이 순간 웃음을 터뜨렸다. 낯선 땅에서 자신들을 걱정해 주는 어른이 있다는 사실만으로도 마음이 조금은 가벼워졌다. 따뜻한 기운이 가슴속으로 스며드는 듯했다. 아저씨에게 그간의 사정을 짧게 설명했다. 그들의 말을 경청하던 아저씨가 제안했다.

"여기서 이야기 나누는 것보단, 내가 아는 조용한 곳으로 가는 게 어떨까요? 우리 할머니 댁인데, 걸어서 30분 거리예요. 할머니께서 젊은 친구들 얘기 듣는 걸 참 좋아하시거든요."

"우리 가볼까?"

재명이 주위를 둘러보며 물었다.

"어차피 여기서 멍하니 있을 바엔 그게 낫겠다."

철희가 씩 웃으며 고개를 끄덕였다. 지원도 미소 지었다. 마음속에 켜켜이 쌓인 불안이 조금은 풀려나가는 듯했다.

알래스카 원주민 마을

10월 14일 밤 9시 (63시간 남음)

톰의 안내로 도착한 곳은 공항에서 멀지 않은 작은 마을이었다. 나무로 지은 집들이 옹기종기 모여 있었고, 멀리 눈 덮인 산맥이 은은한 빛을 뿜고 있었다. 마을은 고요했지만, 이상하게 따뜻한 기운이 감돌았다.

"할머니, 특별한 손님들이 왔어요!"

톰이 집 안으로 들어가며 외쳤다. 곧 안에서 여든 살쯤 되어 보이는 할머니가 걸어 나오셨다. 얼굴 가득한 주름은 세월을 말해주고 있었지만, 미소만큼은 포근했다. 아이들의 긴장이 단번에 풀릴 만큼 따뜻한 미소였다.

"오, 젊은 친구들이구나. 어서 들어와요."

할머니의 목소리는 마치 두 팔을 벌려 안아주는 품 같았다.

"안녕하세요, 저희는…"

재명이 인사를 드리려는데 할머니는 웃으며 손을 내저었다.

"소개는 나중에 해도 되지. 우선 앉아요. 밖이 춥지요? 따뜻한 차를 내올게요."

할머니의 이름은 아나야였다. 톰의 할머니이자 마을의 원로였다. 그녀가 내어준 알래스카 베리 차는 달콤하고 따뜻해서 지쳐 있던 마음을 스르르 녹여주었다.

"톰이 그러던데, 여러분이 '기본소득'이라는 걸 연구하러 왔다면서요?"

"네, 맞아요."

마야가 대답했다.

"근데 지금은 상황이 좋지 않아요."

"어떤 어려움인데요?"

아나야 할머니의 눈빛에는 진심 어린 관심이 담겨 있었다. 아이들은 지난 며칠 동안 겪은 일을 하나하나 털어놓았다. 스폰서들의 압력, 퍼져나간 가짜 뉴스, 각국 정부의 귀국 명령, 그리고 사실상 해체된 대회까지. 할머니는 고개를 끄덕이며 한마디도 끊지 않고 끝까지 들어주셨다.

"그래서 지금 남은 건 우리뿐이에요."

안나가 조용히 덧붙였다.

"하지만 뭘 해야 할지 아직 잘 모르겠어요."

잠시 생각에 잠기신 할머니는 곧 부드럽게 미소 지으셨다.

"기본소득이라. 참 신기한 이름이네요."

"신기하다니요?"

철희가 고개를 갸웃했다.

"예전 우리에게도 비슷한 게 있었답니다."

할머니의 눈빛에 옅은 그리움이 번졌다.

"정말요?"

지원이 몸을 앞으로 기울였다.

"물론 '기본소득'이라고 부르진 않았지만요."

할머니는 천천히 말씀을 이었다.

"우리 이누이트족은 아주 오래전부터 모든 걸 나누며 살아왔어요. 사냥한 짐승, 채집한 열매, 만든 도구까지. 다 함께 쓰는 게 당연했죠."

"그럼 게으른 사람은 없었나요?"

카를로스가 조심스럽게 물었다.

"그땐 게으름이라는 개념 자체가 없었답니다."

할머니가 미소 지으셨다.

"각자가 잘하는 일을 했으니까요. 사냥꾼은 사냥을, 바느질에 능한 이는 바느질을, 이야기꾼은 아이들에게 이야기를 들려줬죠."

"아무도 강요하지 않았어요?"

안나가 놀란 듯 물었다.

"강요할 필요가 없었어요."

할머니는 담담하게 대답하셨다.

"모두가 공동체의 일부라는 걸 알고 있었으니까요. 나의 안녕이 곧 다른 이의 안녕이라는 걸요."

재명의 가슴이 뭉클해졌다. 할머니의 말이 뼛속까지 스며드는 듯했다.

"근데 왜 달라진 거예요?"

마야가 조심스럽게 물었다. 할머니의 얼굴이 잠시 어두워졌다. 분노라기보다는 깊은 아쉬움이 배어 있었다.

"백인들이 와서 '소유'라는 개념을 가르쳐줬죠. '이 땅은 정부의 것, 이 강은 누구의 것, 이 나무는 누구의 것'이라면서 모든 것에 주인을 만들었어요."

할머니는 깊게 한숨을 내쉬셨다.

"그리고 '개인 소유'라는 생각도 심어주었죠. 네가 잡은 사슴은 네 것이니, 나눌 필요 없다고요."

"그때부터 가난이 생긴 거군요."

안나가 낮은 목소리로 말했다.

"그래요. 예전엔 모두 풍족했는데, 소유라는 개념이 들어온 뒤로 가진 자와 못 가진 자가 갈라지기 시작했죠."

"그럼, 기본소득은 결국 옛날로 돌아가는 거네요. 모두가 필요한 걸 보장받던 시절로."

철희가 깨달은 듯 말했다. 할머니도 고개를 끄덕이셨다.

"맞아요. 그건 우리 조상들이 수천 년 동안 지켜온 방식이었죠. 중요한 건 모든 사람이 인간답게 살 권리를 가진다는 겁니다."

그때 톰이 창밖을 가리키며 외쳤다.

"어? 오로라예요!"

모두가 창밖을 바라봤다. 희미했지만 분명한 초록빛 커튼이 밤하늘에서 부드럽게 흔들리고 있었다.

"함께 나가서 볼까요?"

할머니가 환하게 웃으며 제안하셨다.

마을 뒤편 언덕
10월 14일 밤 10시 (62시간 남음)

모두가 언덕 위에 올라섰다. 도시 불빛 하나 없는 알래스카의 밤하늘은 깊고 맑았다.

"와!"

숨이 멎은 듯 누구도 말을 잇지 못했다. 하늘 가득 펼쳐진 건 거대한 오로라였다. 처음엔 희미한 초록빛이었지만 점점 더 짙어지더니 하늘 전체를 덮는 빛의 춤으로 변했다. 초록빛 사이로 파랑, 보라, 분홍빛이 섞여 끊임없이 움직였다.

"정말 예쁘다!"

지원의 목소리가 떨렸다. 눈가에 맺힌 눈물이 반짝였다. 그 오로라는 단순한 빛이 아니었다. 마치 하늘 위에서 울려 퍼지는 거대한 음악 같았다. 어느 순간엔 부드럽게 흘렀다가도, 갑자기 격렬하게 흔들리며 다시 숨 고르듯 고요해졌다.

"저기 봐!"

마야가 손가락으로 하늘을 가리켰다. 빛의 파도가 일렁이며 하늘을 가로질렀다.

"오로라는 매번 다르답니다."

아나야 할머니가 미소 지으며 말씀하셨다.

"같은 모습은 두 번 다시 볼 수 없지요."

"왜요?"

철희가 눈을 반짝이며 물었다.

"자연은 늘 변하니까요. 바람, 온도, 태양에서 오는 빛. 이 모든 게 매번 다르거든요."

재명은 오로라를 올려다보며 속으로 생각했다.

'이건 그냥 빛이 아니야. 모두가 함께 살아야 한다는 메시지 같아.'

"할머니, 오로라는 누구 건가요?"

재명이 조심스럽게 물었다.

"누구 것도 아닌, 모두의 것이지요."

할머니의 목소리는 담담하면서도 단호했다.

"아무리 돈이 많아도 오로라는 살 수 없답니다."

"자연은 모두가 함께 나누는 거구나."

안나가 감탄하듯 속삭였다.

"맞아요."

할머니가 고개를 끄덕이셨다.

"공기, 물, 땅, 바다, 오로라까지. 모두가 함께 누려야 하는 선물이랍니다."

그 순간 마야가 눈을 크게 뜨며 외쳤다.

"그럼, 기본소득도 똑같은 거잖아! 자연의 풍요를 나누듯이, 사회의 풍요도 다 같이 나누는 거야!"

아나야 할머니의 얼굴에 환한 미소가 번졌다.

"정확해요."

오로라는 점점 더 화려해졌다. 초록빛 커튼 위로 보라와 분홍빛이 터져 나오며 밤하늘을 물들였다. 마치 온 우주가 그들에게 응원의 신호를 보내는 듯했다. 철희는 그 눈부신 빛을 바라보며 마음속으로 속삭였다.

'기본소득은 돈이 아니야. 그건 사람답게 살 권리를 인정하는 거야. 우리는 모두 이 지구의 손님이라는 걸 받아들여야 해. 저 오로라처럼, 누구의 것도 아니고 모두의 것이어야 해.'

"할머니, 저희가 할 수 있는 게 있을까요? 어른들은 우리가 아직 어리다고만 하세요."

지원이 조심스레 물었다.

"나이는 중요하지 않아요."

할머니의 목소리는 포근하고 따뜻했다.

"진짜 중요한 건 모두가 행복하길 바라는 그 마음이지요."

"하지만 저희에겐 힘이 없는걸요."

안나가 고개를 푹 숙이며 말했다. 그러자 할머니는 밤하늘을 가리키며 고개를 저었다.

"아니에요. 여러분에겐 가장 큰 힘이 있답니다. 바로 진실을 알려고 하는 힘이지요."

"진실을 아는 힘이요?"

카를로스가 되물었다.

"권력자들은 돈과 힘은 가졌지만, 진실만큼은 두려워합니다. 그래서 젊은 여러분을 막으려 하는 거예요."

할머니의 목소리에 힘이 실렸다. 아이들은 서로를 바라보며 조용히 고개를 끄덕였다. 바로 그때, 오로라가 더욱 눈부시게 빛났다. 마치 하늘이 대화에 응답하는 듯했다. 재명의 가슴속에 뜨거운 용기가 피어올랐다.

'우리가 틀린 게 아니야. 오히려 진실에 가까워진 거야.'

"고마워요, 할머니. 제가 잃어버렸던 확신을 되찾은 것 같아요."

지원이 반짝이는 눈빛으로 말했다. 할머니는 고개를 저으며 부드럽게 웃으셨다.

"그건 내가 준 게 아니에요. 여러분 스스로 찾아낸 거지요."

"좋아. 우리 끝까지 해보자. 설령 우리만 남더라도!"

재명이 힘차게 외쳤다.

"좋아!"

철희와 지원이 동시에 대답했다. 아홉 명의 청소년은 서로의 손을 맞잡았다. 한국, 인도, 브라질, 독일, 스위스. 서로 다른 곳에서 왔지만, 지금은 같은 꿈을 꾸고 있었다.

"우리 진짜 세상을 바꿀 수 있을까?"

마야가 조심스럽게 물었다.

"꼭 바뀔 겁니다."

할머니의 목소리는 확신으로 가득했다.

"진실은 언제나 빛을 내거든요. 오로라처럼 어둠을 뚫고 세상을 비추지요."

오로라는 마지막 춤을 추듯 하늘 끝까지 흔들렸다. 마치 작별 인사를 건네는 듯했다.

"고마워, 오로라."

지원이 속삭였다. 그 순간, 오로라가 한 번 더 강하게 빛났다. 우연이었을지도 모른다. 하지만 모두는 그것을 하늘의 응답처럼 느꼈다. 알래스카의 밤은 깊어져 갔다. 그러나 친구들의 가슴속에는 새 희망이 타올랐다. 기본소득은 단순한 돈이 아니라, 사람답게 살 수 있는 약속이었다. 그 약속을 세상에 전하는 사명, 그것이 지금 자신들의 몫이라는 걸 알았다.

아이들은 서로의 눈을 바라보며 굳게 다짐했다. 밝게 피어오르는 오로라의 빛처럼 자신들도 어둠을 뚫고 세상을 밝히겠노라고.

16
에이노의 양심선언

알래스카 원주민 마을

10월 14일 밤 11시 (61시간 남음)

오로라가 사라진 밤, 아나야 할머니의 집에는 작은 등불만 깜빡이며 어둠을 밀어내고 있었다. 아이들은 따뜻한 차를 마시며 하루 동안 있었던 일을 조용히 나누고 있었다. 그들이 본 진실, 느낀 배신감, 그리고 앞으로 어떻게 해야 할지에 대해 막 입을 열려던 순간—

똑, 똑, 똑.

문을 두드리는 소리가 고요를 갈라냈다. 모두가 서로를 바라보며 굳어졌다. 이 늦은 밤에 누가 찾아온 걸까? 봄이 천천히, 조심스럽게 문을 열었다. 그리고 모두가 숨을 멈췄다. 문 앞에 서 있는 사람은 다름 아닌 에이노였다. 하지만 그는 늘 보던 모습이 아니었다. 반듯하던 금발 머리는 흐트러져 있었고, 푸른 눈은 울어서 벌겋게 부어 있었다. 단정하던 옷은 구겨져 있었고, 어깨는 세상 모든 짐을 짊어진 사람처럼 축 늘어져 있었다.

"에이노?"

지원이 놀라며 자리에서 벌떡 일어났다.

"뭐 하러 온 거야?"

철희의 목소리는 칼날처럼 날카로웠다. 에이노는 입술을 몇 번 떨더니, 결국 무너져 내린 듯한 목소리로 말했다.

"지원아… 모두… 정말, 정말 미안해."

그의 눈에서 눈물이 쏟아졌다. 그동안 꼭 붙들고 있던 감정이 한꺼번에 터져 나온 듯했다.

"미안하다고 다 해결돼?"

철희는 여전히 차갑게 내뱉었다.

"너 때문에 우리가 얼마나…"

"철희야."

재명이 낮게 불렀다.

"일단 들어보자."

에이노는 고개를 숙인 채 집 안으로 들어왔다. 아이들의 눈빛이 그에게 꽂혔지만, 그는 더는 피하지 않았다.

"모든 걸 말할게. 이제 더는 숨길 수 없어."

에이노의 목소리는 갈라졌지만, 그 안엔 단단한 결심이 담겨 있었다.

"사실 난 처음부터 오로라 재단과 함께였어."

순간 공기가 얼어붙었다. 방 안의 숨소리마저 멈춘 듯했다.

"3개월 전 핀란드 정부에서 연락이 왔을 때… 난 거절해야 했는데."

그의 목소리에는 깊은 후회가 묻어났다.

"그 사람들은 나한테 '핀란드의 미래'라면서, 알래스카 대회에서 특별한 역할을 해달라고 했어. 그땐 그저 단순하게 생각했지. 현실적인 방향으로 이끌면 된다고. 나쁜 건 아니라고… 근데 그때부터 난 자신을 속이고 있었어."

"에이노, 그게 다는 아니지?"

지원이 떨리는 목소리로 물었다. 에이노가 지원을 바라봤다. 그 눈빛에는 슬픔과 죄책감이 가득했다.

"맞아. 여기 와서 데이비드 스미스를 만난 뒤에야 진짜 계획을 알게 됐어."

그는 떨리는 손으로 태블릿을 꺼내 테이블 위에 내려놓았다.

"이게 오로라 프로젝트의 전부야."

화면이 켜지자 차갑고 잔인한 문서가 펼쳐졌다. 아이들의 눈동자가 동시에 흔들렸다. 읽는 순간마다 심장이 내려앉았다. 그 안에 담긴 내용은, 지금까지 믿고 싶지 않았던 모든 의심을 현실로 만들 만큼 충격적이었다.

Phase 1: 익명 후원으로 대회 개최
- 목적: 전 세계 청소년 기본소득 운동가들을 한곳에 집결
- 예산: 30억 원 (다국적 기업 연합 펀드)

Phase 2: 참가자 정보 수집 및 분석
- 개인적 약점, 가족 상황, 정치적 성향 데이터베이스 구축
- 각국 정부 정보기관과 정보 공유

Phase 3: 내부 분열 조장
- 로맨스, 이념 갈등을 통한 참가자 간 불화 유도
- 핵심 인물들의 개별 포섭 시도

Phase 4: 가짜 뉴스를 통한 사회적 매장
- 언론을 통한 '청소년 급진화' 프레임 확산
- 가족 압박을 통한 자발적 포기 유도

Phase 5: 법적제재 및 운동 무력화
- 테러방지법 활용한 청소년 정치활동 제한법 추진
- 기본소득 운동 전체를 '위험한 이념'으로 낙인

"이게 진짜야?"

마야가 눈을 크게 뜨며 물었다. 목소리에는 믿기 힘든 떨림이 섞여 있었다.

"진짜야."

에이노가 분명히 대답했지만, 목소리엔 깊은 절망이 묻어났다.

"그리고 이 모든 계획의 마지막 목표는…"

그는 한동안 말을 잇지 못했다. 어깨가 무겁게 내려앉고 눈동자가 흔들렸다. 길게 한숨을 내쉰 뒤 겨우 목소리를 내뱉었다.

"진짜 기본소득을 영원히 불가능하게 만드는 거였어."

"그게 무슨 뜻이야?"

안나가 손으로 입을 가리며 물었다.

"지금 있는 복지제도들 있잖아. 실업급여, 주거 지원, 의료보험 같은 거. 그걸 다 없애고 대신 '기본소득'이라는 이름으로 돈을 조금만 주겠다는 거야. 근데 그 돈은 지금 받는 것보다 훨씬 적어."

"뭐라고?"

재명이 의자를 꽉 움켜쥐며 자리에서 벌떡 일어날 뻔했다.

"그럼, 결국 복지를 줄이는 거잖아!"

"맞아."

에이노가 고개를 떨구며 끄덕였다.

"그리고는 '우린 이미 기본소득을 하고 있다'라고 말하면서, 더 나은 제도나 복지를 요구하는 목소리를 막아버리려는 거지.

완벽하게 짜인 함정이야."

철희의 눈이 불타올랐다. 주먹을 꽉 쥔 그의 손등에 핏줄이 도드라졌다.

"그럼, 진짜 기본소득은 영영 못 하는 거네!"

하지만 이대로 당하고만 있을 수는 없었다.

"그렇다고 해서 포기할 수는 없어. 진짜 기본소득만큼은 우리가 끝까지 지켜내야 해."

에이노가 쓴웃음을 지으며 중얼거렸다.

"그게 목적이었어. 기본소득 운동을 안에서부터 변질시키고 무력화하는 거."

철희가 또 다른 의문을 쏟아냈다. 사실 다들 궁금한 지점이었다.

"근데 왜? 왜 그렇게까지 하는 거야? 수십억씩 돈을 쏟아부으면서까지?"

에이노의 눈빛이 어둡게 가라앉았다.

"그 사람들이 제일 두려워하는 건 불평등이 더 심해져서 사람들이 폭발하는 거야. 혁명이 일어나면 자신들이 가진 걸 다 빼앗길 수도 있잖아? 그래서 머리를 굴린 거지. 가진 것 중 일부만 내어주면서 큰 불만을 잠재우려는 거야."

그 말에 아이들은 서로를 바라보았다. 마치 가슴 깊은 곳까지 얼음처럼 차갑고 무거운 충격이 몰려왔다. 에이노는 조금 차분한 목소리로 말을 이었다.

"그리고 또 하나. 이제 로봇이나 AI가 사람 일을 대신하잖아. 앞으로는 사람들이 일하지 않아도 세상이 굴러가. 근데 시장은 소비자가 있어야 유지돼. 누군가는 물건을 사야 회사도 돌아가고, 경제도 움직여. 그래서 기본소득을 줘서 최소한 물건을 살 수 있게 만들려는 거야. 결국 자기들이 가진 경제 체제를 지키려는 거지."

아이들은 숨을 삼켰다. 이제야 왜 어떤 사람들은 기본소득을 찬성한다고 했는지 조금은 이해가 갔다.

"그럼, 우리가 말하는 기본소득이랑 뭐가 다른데?"

마야가 진지한 얼굴로 물었다. 잠시 생각에 잠겼던 에이노가 대답했다.

"너희가 말하는 건 권리로서의 기본소득이잖아. 땅이나 공기, 물, 햇빛 같은 자연의 자원, 그리고 빅데이터, 지식, 법과 제도 같은 인공 자원은 원래 모두의 것이니, 다 같이 나눠 가지자는 거고. 물론 개인이 노력해서 얻은 건 따로 인정해 줘야 하지만, 중요한 건 이런 공유 자원을 바탕으로 누구나 인간답게 살 수 있도록 하는 거야. 그래서 이 기본소득은 단순히 돈 문제가 아니라, 인간의 존엄과 진짜 자유를 지키려는 철학에서 나온 거지."

친구들은 고개를 끄덕이며 동의했다.

"겉으로 보면 제일 큰 차이는 이거야. 그 사람들은 기존의 복지를 다 없애고 기본소득으로만 바꾸겠다는 거고, 너희는 기본소득을 해도 상황에 따라 필요한 복지는 계속 남겨야 한다는 거지. 기본소득만으로는 모든 문제를 해결할 수 없으니까. 결국 너희는 더 나은 삶을 위해 지금보다 더 많은 돈이 필요하다고 말하는데, 그쪽 사람들은 돈을 더 쓰기 싫어해. 그냥 복지를 하는 척하면서 생색만 내고 싶은 거야."

에이노는 잠시 한숨을 내쉰 뒤 말을 이어갔다.

"그래서 그들이 세계 기본소득 청소년대회를 연 거야. 너희 입으로 자신들의 기본소득이 괜찮다고 말하게 하려던 거지. 만약 설득이 안 되면? 그땐 너희를 과격한 애들, 테러리스트 같은 애들로 몰아서 고립시키려던 거야. 극단적인 소수처럼 보이게 하려는 거지."

그제야 모두의 머릿속에서 퍼즐이 맞춰지듯 상황이 파악되었다. 그러나 재명이 마음속에는 여전히 풀리지 않는 의문이 무겁게 자리 잡고 있었다.

"근데 넌 왜 생각이 바뀐 거야?"

에이노는 바로 대답하지 못했다. 아이들의 얼굴을 하나하나 천천히 바라보다가, 결국 지원에게 시선을 멈췄다.

"너희를 만나고… 특히 지원이를 만나고 나서 모든 게 달라졌어."

"뭐가 달라졌는데?"

지원이 차가운 목소리로 물었다.

"처음엔 진짜 임무를 완수하려고 했어. 지원이를 이용해서 한국팀을 끌어들이고, 그다음엔 다른 팀들도. 모든 게 계산된 거였어."

"그만해! 더 이상 듣고 싶지 않아!"

지원이 벌떡 일어서며 소리쳤다.

"지원아, 제발 들어줘!"

에이노의 목소리는 절박했다. 울컥한 감정이 눈빛에 고스란히 담겨 있었다.

"근데 지원이랑 시간을 보내면서 알게 됐어. 내가 얼마나 나쁜 일을 하고 있었는지… 얼마나 끔찍한 실수를 저지르고 있는지."

에이노의 눈에서 눈물이 주르르 흘러내렸다.

"지원이의 순수함, 열정, 그리고 진짜 세상을 바꾸고 싶어 하는 마음. 그걸 보면서 깨달았어. 그런 마음을 내가 이용하려 했던 거야. 용서받을 수 없는 짓이었지."

지원의 목소리도 떨렸다.

"그럼, 나한테 했던 고백도, 키스도 다 거짓이었어?"

"아니야!"

에이노가 급하게 고개를 저었다.

"그건 진심이었어. 그것만은 정말이야."

"어떻게 믿어?"

지원의 눈가에 눈물이 맺혔다.

"너에 대한 내 감정은 백 퍼센트 진짜였어."

에이노가 울먹이며 말했다.

"하지만 그 순수한 감정을 임무에 이용하려 했던 것도 사실이야. 그게 내가 저지른 제일 큰 죄야."

지원은 혼란스러웠다.

"그럼, 뭐가 진짜고 뭐가 가짜야?"

"감정은 진짜였어. 근데 행동은 가짜였어."

에이노가 정직하게 대답했다.

"난 지원을 정말 좋아했어. 하지만 동시에 그 마음을 악용했어. 그게 내 죄야."

재명은 에이노의 고백을 들으며 가슴속이 복잡하게 뒤엉켰다. 분노가 치밀었다. 지원이를 이용하다니. 하지만 동시에 자신도 되돌아보게 됐다.

'나도 질투 때문에 지원이를 힘들게 했잖아.'

어제 지원을 업고 어둠 속 비상계단을 내려왔던 순간이 떠올랐다. 그때 느꼈던 감정. 지원의 안전이 내 감정보다 중요하다는 깨달음. 진짜 사랑은 상대를 소유하는 게 아니라 상대의 행복을 바라는 거라는 깨달음.

"에이노."

재명이 조용히 불렀다.

"응."

에이노가 고개를 들었다.

"난 널 용서할게."

모두가 놀라서 재명을 바라봤다.

"재명아, 정말이야?"

지원이 믿기지 않는다는 얼굴로 물었다.

"응."

재명이 에이노를 똑바로 바라봤다.

"넌 어쩔 수 없는 상황에 있었던 거 같아."

"하지만 재명아…"

철희가 말하려 했지만, 재명이 손을 들어 제지했다.

"솔직히 나도 잘못했어. 질투 때문에 지원이를 힘들게 했잖아."

재명이 솔직하게 털어놓았다.

"에이노가 지원이를 이용하려 했다면, 난 내 감정 때문에 지원이를 구속하려 했어."

"재명아…"

지원이 떨리는 목소리로 불렀다.

"둘 다 잘못한 거야."

재명이 차분하게 말했다.

"중요한 건 지금부터야. 지원이가 행복할 수 있는 선택을 하는 거."

 재명은 지원의 손을 부드럽게 잡았다.

 "지원아, 네가 에이노를 용서하고 싶으면 용서해. 다시 믿고 싶으면 믿어. 네가 행복한 선택을 하면 그걸로 충분해."

 지원의 눈에 눈물이 차올랐다.

 "재명아…"

 "난 언제나 네 편이야. 네가 어떤 선택을 하든 상관없어."

 그 순간 지원의 가슴이 벅차올랐다. 그리고 진실한 사랑은 상대를 소유하려 하지 않고 행복을 진심으로 바라는 거란 사실을 깨달았다.

17
데이비드의 전화

아나야 할머니의 집
10월 14일 자정 (60시간 남음)

남은 친구들은 앞으로 어떻게 할지 의논하기 시작했다. 그때, 에이노의 휴대전화가 울렸다. 화면에는 낯익은 이름이 떠 있었다. 데이비드 스미스.

"에이노, 받아봐."

재명이 낮게 말했다.

"스피커폰으로."

에이노는 손이 덜덜 떨렸지만 결국 통화 버튼을 눌렀다.

"에이노, 어니 있나?"

짜증 섞인 데이비드의 목소리가 방 안에 퍼졌다.

"아침 9시에 최종 회의가 있다. 참가자들 설득 결과를 보고해야 해."

에이노는 크게 숨을 들이켰다. 이제 되돌릴 수 없는 강을 건너야 했다.

"스미스 씨!"

"응? 무슨 일이지?"

"저는 더 이상 이 일을 할 수 없습니다."

순간 전화 너머가 고요해졌다.

"뭐라고 했나?"

"오로라 프로젝트는 잘못된 계획이에요. 중단되어야 합니다."

"에이노!"

데이비드가 소리쳤다.

"정신 차려! 지금 무슨 말을 하는 건가?"

에이노는 고개를 들어 친구들을 바라봤다. 모두의 눈빛 속에서 힘과 용기를 얻었다.

"저는 모든 걸 폭로하겠습니다."

에이노가 단단한 목소리로 말했다.

"언론에, 정부에, 그리고 전 세계에 이 더러운 계획의 진실을 알릴 겁니다."

"에이노!"

데이비드의 목소리는 분노와 위협으로 가득했다.

"네가 무슨 짓을 하고 있는지 알아? 네 미래를, 네 가족을 생각해! 다 잃게 될 거야!"

에이노의 눈가에 눈물이 맺혔지만, 그는 고개를 저으며 말했다.

"제 미래보다 진실이 더 중요해요. 그리고 제 가족이라면 제 선택을 이해해 줄 겁니다."

"에이노, 세상이 네 말 한마디로 바뀔 것 같아? 쓸데없는 짓은 당장 그만둬. 마지막 경고다. 지금 당장…."

에이노는 주저 없이 전화를 끊어버렸다. 순식간에 방 안이 조용해졌지만, 그 고요 속에서 오히려 자유롭게 숨 쉬는 소리가 들리는 것만 같았다. 오랫동안 짓눌러 왔던 무거운 짐이 벗겨진 듯, 그의 어깨가 한결 가벼워졌다. 에이노는 천천히 고개를 들어 친구들을 바라보았다.

"이제 나도 너희랑 같이 싸우고 싶어."

"정말?"

마야가 놀란 눈으로 물었다.

"응. 진짜 기본소득을 위해서. 그리고 내가 저지른 죄에 대해 속죄하기 위해서."

지원은 에이노를 한참 동안 바라봤다. 여전히 마음은 복잡했지만, 그의 눈빛에서 진심이 느껴졌다.

"에이노."

지원이 낮게 불렀다.

"지원아, 그동안 정말 미안했어."

에이노가 고개를 숙이며 말했다.

"처음엔 널 이용하려고 다가갔어. 그건 변명할 수 없는 잘못이야. 하지만 시간이 지나면서 진짜로 널 좋아하게 됐어. 그것만은 거짓이 아니야."

지원이 잠시 눈을 감았다가 천천히 입을 열었다.

"나도 솔직히 말할게."

"응."

에이노가 떨리는 눈빛으로 대답했다.

"나도 네게 끌렸어. 그건 부정 못 해."

에이노의 얼굴에 희미한 희망이 스쳤다.

"근데…"

지원은 곁에 있는 재명을 바라봤다.

"재명이랑 있을 때 느끼는 안정감이랑 신뢰, 그리고 너랑 있을 때 느꼈던 설렘이나 혼란은 완전히 다른 감정이야."

지원은 모두를 향해 고개를 들었다.

"그리고 지금 내게 제일 중요한 건 개인적인 감정이 아니야. 우리가 함께 이루려는 꿈이야. 기본소득을 실현하는 거."

에이노는 조용히 고개를 끄덕였다.

"맞아. 네 말이 맞아."

"그럼, 우리 그냥 친구로, 동지로 지내자. 어때?"

재명이 따뜻하게 말했다. 그러자 에이노가 고개를 숙이며 손을 내밀었다.

"재명아 고맙다. 그리고 진짜 미안해."

재명이 그의 손을 단단히 잡았다.

"괜찮아. 이제부터 같이 하자."

아나야 할머니는 이 모습을 지켜보며 환하게 웃으셨다.

"젊은 친구들이 참 멋지네요. 진짜 성숙이란 자기감정을 뛰어넘어 더 큰 가치를 위해 연대하는 거예요. 지금 여러분이 보여주는 모습이 바로 그거랍니다."

그 말에 모두의 가슴이 한층 뜨거워졌다.

"그런데 앞으로 어떻게 할 거야? 데이비드 스미스와 후원사들이 가만히 있지 않을 텐데."

카를로스가 걱정 가득한 목소리로 말했다.

"맞아."

에이노도 불안한 표정으로 말을 받았다.

"내가 배신했다는 걸 알면 더 강하게 압박할 거야."

"그럼 더 빨리 움직여야지."

철희가 단단한 목소리로 말했다.

"오로라 프로젝트를 세상에 폭로하고, 진실을 퍼뜨려야 해."

"하지만 어떻게 하지?"

안나가 현실적인 문제를 지적했다.

"우린 언론에 접근할 수조차 없잖아."

"있어."

에이노가 갑자기 말했다.

"나 유튜브 채널 있잖아. 구독자 50만 명이야."

"맞다!"

재명이 눈을 반짝였다.

"그걸로 라이브 방송하면 돼!"

"그리고 다른 나라 친구들한테도 연락해 보자."

지원이 제안했다.

"설령 떠났더라도, 진실을 알면 다시 돌아올 수도 있어."

"좋은 생각이야."

마야가 힘주어 고개를 끄덕였다. 작은 알래스카 마을의 할머니 집, 낡은 등불 아래 모인 아이들의 얼굴은 지쳐 있었지만, 눈빛만은 누구보다 뜨거웠다. 오로라 프로젝트에 맞서는, 오직 청소년들만의 새로운 이름이 태어났다. 'Project Truth'

에이노의 양심선언으로 시작된 진실 폭로 작전. 그리고 무엇보다 소중한 건 서로 다른 나라에서 왔지만, 개인적인 감정을 뛰어넘어 더 큰 꿈을 위해 어깨를 맞댄 우정이었다. 알래스카의 밤은 길고 추웠지만, 그들의 가슴속에는 활활 타오르는 희망이 있었다.

"그럼, 이제 진짜 시작이네."

재명이 창밖의 별을 올려다보며 말했다. 그 목소리에는 두려움보다 기대가 더 크게 섞여 있었다.

"우리들만의 진짜 기본소득 대회!"

곁에 있던 에이노가 나지막이 말했다.

"난 너희들에게 너무 큰 상처를 줬어. 그 죄책감은 아마 평생 안고 살아야 할 거야."

그의 어깨는 무겁게 떨렸지만, 눈빛만큼은 흔들리지 않았다.

"하지만 이제부터라도 진실을 위해 그리고 너희가 꾸는 꿈을 위해 싸우고 싶어. 그게 내가 할 수 있는 유일한 속죄라고 믿어."

지원이 에이노를 바라보았다. 아직 마음이 완전히 풀린 건 아니었지만, 이번만은 진심이란 생각이 들었다.

"에이노, 용서는 누가 주는 게 아니야. 네가 진짜 변하려고 한다면 그걸로 충분해."

그 순간 방 안의 공기가 달라졌다. 모두가 서로를 바라보며 고개를 끄덕였다. 세상은 그들을 억누르고 거짓은 진실을 삼키려 했지만, 아이들은 알았다. 진실은 결코 막을 수 없다는 것. 그리고 사랑과 우정은 어떤 음모보다도 강하다는 것을.

72시간. 시계는 여전히 냉정하게 흘러가고 있었지만 이제 그 시간은 두려움이 아니라 승부의 시간이었다. 'Project Aurora vs Project Truth.' 거짓과 진실 사이, 마지막 싸움이 곧 시작되려 하고 있었다. 창밖으로 새벽이 조금씩 밝아왔다. 희미한 빛줄기가 어둠을 갈라내듯 그들의 가슴속에도 새로운 희망의 불꽃이 타오르고 있었다.

18

진실이 만든 기적

알래스카 원주민 마을

10월 15일 새벽 1시 (59시간 남음)

새벽 공기는 뼛속까지 차가웠다. 하지만 작은 오두막 안만큼은 달랐다. 톰의 할머니가 끓여준 허브차 향이 은은하게 퍼졌고, 여섯 명의 눈빛은 마치 불꽃처럼 타올랐다.

"그럼, 이제 구체적으로 어떻게 할지 계획을 세워보자."

재명이 노트북을 펼치며 말했다. 화면이 어둠 속에서 희미하게 빛났다.

"일단 시간부터 확인하자."

철희가 손목시계를 들여다봤다.

"72시간 데드라인까지 이제 59시간 남았어. 10월 17일 정오까지."

숫자는 냉정하고 차가웠다. 하지만 그 말을 듣는 순간, 아이들의 심장은 더 뜨겁게 뛰기 시작했다.

"59시간 안에 세상을 바꿀 수 있을까?"

안나의 현실적인 질문이 공기처럼 내려앉았다. 순간 방 안은 조용해졌다.

"할 수 있어."

지원이 단호하게 대답했다. 흔들림이라곤 없는 눈빛이었다.

"일단 목표부터 세우자."

지원이 종이를 꺼내 펜으로 또박또박 적기 시작했다.

"첫째, 오로라 프로젝트의 진실을 세상에 알리는 것."

"둘째, 진짜 기본소득 대회를 우리 힘으로 개최하는 것."

"셋째, 전 세계 청소년들의 연대를 만들어내는 것."

종이에 목표를 적자, 무거웠던 방 안 공기가 희망으로 가득 차올랐다.

마침내 에이노가 자신의 유튜브 채널을 켰다. 구독자 수는 50만 명. 분명 작은 숫자는 아니었지만, 그 숫자로 세상을 바꾸기엔 턱없이 부족해 보였다.

"일단 내 채널부터 활용하자. 지금 당장 라이브 방송을 시작할 수 있어."

에이노가 말했다.

"근데 지금 새벽 1시잖아. 누가 봐?"

철희가 걱정스레 물었지만 에이노는 가볍게 웃었다.

"시간대가 다르잖아."

그가 벽에 걸린 세계지도를 가리켰다.

"알래스카가 새벽 1시면 유럽은 오전 11시, 아시아는 저녁 8시야. 오히려 사람들이 가장 활발히 활동하는 시간이야."

"그럼, 바로 시작하자!"

재명이 힘차게 외치자, 모두가 고개를 끄덕였다. 그 즉시 에이노는 휴대전화를 삼각대에 고정했다. 작은 렌즈가 켜지는 순간 아이들의 심장은 세차게 뛰었다. 그 작은 화면이 전 세계로 향하는 창문이 될 거란 생각에 숨이 가빠졌다.

"안녕하세요. '변화를 꿈꾸는 북유럽 청소년들' 채널 시청자 여러분, 에이노입니다."

에이노의 목소리는 평소보다 낮고 진지했다. 시청자 수가 50명, 100명, 200명… 빠르게 올라가기 시작했다.

"저는 지금 알래스카에 와 있습니다. 그리고 오늘 여러분께 충격적인 진실을 알려드리려 합니다."

채팅창이 곧바로 요동치기 시작했다.

— **"에이노, 왜 이렇게 심각해?"**
— **"무슨 일이야?"**
— **"알래스카에서 뭐 하고 있어?"**

에이노는 잠시 눈을 감았다가 뜨며 마침내 입을 열었다.

"저는 지금까지 여러분을 속여왔습니다."

순간 채팅창이 멎었다. 세상이 숨을 죽인 듯한 정적이 흘렀다.

"저는 세계 청소년 기본소득 대회에 참가했지만, 동시에 이 대회를 망가뜨리라는 임무를 받았습니다."

시청자 수가 순식간에 일만 명을 돌파했다.

"그 임무를 준 사람들은 오로라 재단 그리고 각국 정부의 일부 세력이었습니다."

에이노가 태블릿을 들어 오로라 프로젝트 문서를 화면에 비췄다. 차갑고 무자비한 활자들이 거대한 음모를 증명하고 있었다.

"이것이 그들의 진짜 계획입니다. 기본소득 운동을 내부에서 파괴하려는 오로라 프로젝트!"

채팅창은 곧 폭발하듯 불타올랐다.

―"헉, 이게 진짜라고?"

―"정부가 정말 이런 짓을 해?"

―"말도 안 돼!!"

"하지만 전 여기서 진짜 친구들을 만났습니다."

에이노가 카메라를 돌려 다른 아이들을 비췄다.

"한국에서 온 재명, 지원, 철희. 인도에서 온 마야. 브라질에서 온 카를로스. 스위스에서 온 안나. 그리고 독일에서 온 루카스."

모두가 차례대로 손을 흔들며 각자의 모국어로 인사했다. 화면 너머의 시청자들은 환호했다.

"이 친구들의 순수한 열정을 보면서 저는 깨달았습니다. 진짜 기본소득 운동이 뭔지 말입니다."

에이노의 목소리가 떨리며 흘러나왔다. 시청자 수는 어느새 5만 명을 넘어섰다. 화면에는 한국어, 스페인어, 힌디어, 독일어, 프랑스어… 수많은 언어로 댓글이 쏟아졌다. 지구촌 전체가 이 작은 오두막에 귀 기울이는 듯했다.

"와! 벌써 5만 명이야!"

철희가 놀라서 화면을 가리켰다. 하지만 재명은 여전히 굳은 얼굴이었다.

"이것만으론 부족해. 더 많은 사람에게 알려야 해."

"다른 SNS도 동시에 쓰자."

지원이 휴대전화를 꺼내며 말했다.

"해시태그를 만들어보자. '지금 당장, 세계 기본소득' 어때?"

"좋아! 완벽해."

아이들은 각자 휴대전화를 붙잡았다.

"그럼, 각자 자기 계정으로 동시에 올리자."

철희가 손가락을 바쁘게 움직이며 말했다.

"나 인스타그램 팔로워가 5천 명 있어."

"난 브라질에서 틱톡 친구들이 많아!"
카를로스가 씩 웃으며 휴대전화를 흔들었다.
"좋아, 카운트다운 하자. 셋, 둘, 하나… 업로드!"
30분 후 아이들의 메시지는 지구 곳곳으로 퍼져나갔다.

— 재명의 인스타그램:

"알래스카에서 진실을 발견했습니다. 기본소득은 인간의 권리입니다." #지금당장세계기본소득 #알래스카에서온메시지

— 지원의 영상:

"정부와 기업이 우리를 속이려 했지만, 우리는 포기하지 않습니다!" #지금당장세계기본소득

— 철희의 틱톡:

오로라 프로젝트의 문서를 보여주며, "이게 그들의 진짜 계획이었습니다. 하지만 우리가 막을 거예요!" #기본소득은권리다

철희는 올리면서도 속으로 할아버지를 떠올렸다.
'내가 하는 일이 정말 옳은 걸까? 할아버지는 뭐라고 하실까? 아니, 이제는 알겠어. 이게 내가 해야 할 일이야.'

> ─ 마야의 글:
>
> "알래스카에서 진실을 담아 보냅니다. 전 세계 청소년들이여, 기본소득을 위해 단결하자!" #지금당장세계기본소득

> ─ 카를로스의 영상:
>
> 알래스카의 설산을 배경으로 외쳤다.
>
> "알래스카에서 전 세계로! 기본소득은 모두의 권리다!"
>
> #지금당장세계기본소득

> ─ 안나의 글:
>
> "2016년 스위스 투표에서 기본소득은 거부됐지만, 2025년 우리는 YES라고 말합니다." #지금당장세계기본소득

한 시간 후 놀라운 일이 벌어졌다.

"얘들아! 봐봐!"

마야가 휴대전화를 들고 환호했다.

"인도에서 '지금 당장 세계기본소득'이 인기 검색어 3위에 올랐어!"

"브라질도 마찬가지야!"

카를로스가 흥분해서 자리에서 벌떡 일어났다.

"'지금 당장 기본소득'이 브라질에서 1위야!"

"독일도 급상승 중이래!"

루카스가 눈을 크게 뜨며 화면을 보여줬다. 그때 에이노의 라이브 방송 시청자는 20만 명을 돌파했다. 작은 알래스카 오두막에서 시작된 외침이 이제 전 세계의 심장을 두드리고 있었다.

"여러분! 믿을 수 없는 일이 벌어지고 있습니다!"

에이노의 목소리가 떨렸다.

"전 세계에서 청소년들이 반응하고 있어요!"

채팅창에는 무지개처럼 다양한 언어가 흘러들어왔다.

―"한국 청소년입니다! 여러분을 지지합니다!"
―"독일에서 왔습니다! 함께하겠습니다!"
―"브라질에서 응원해요! 여러분 최고예요!"
―"인도도 함께합니다! 지금 당장 세계 기본소득을!"

마치 지구가 하나의 합창단이라도 된 듯 서로 다른 언어의 목소리가 하나로 울려 퍼졌다. 그때, 갑자기 화상통화 요청이 들어왔다.

"누구지?"

에이노가 확인하자 화면에 스페인의 안토니오가 나타났다. 대회에서 잠깐 인사 나눴던 친구였다.

"안토니오!"

"에이노! 그리고 친구들!"

안토니오가 환하게 웃었다. 화면 뒤로는 다른 스페인 청소년들의 얼굴도 보였다.

"우리도 합류하고 싶어. 라이브 방송도 보고 있거든."

"정말이야?"

재명이 깜짝 놀랐다.

"응. 스페인팀이 다시 모였고, 프랑스랑 네덜란드 친구들도 연결했어."

마치 도미노가 쓰러지듯, 연락은 연쇄적으로 이어졌다. 몽골의 아리우나도 연결됐다.

"몽골 초원에서도 '지금 당장 세계 기본소득'이 화제야! 우리도 참여할게!"

덴마크팀도 화면에 등장했다.

"코펜하겐이 여러분의 용기에 감동하고 있어요!"

잠시 후, 리웨이에게서 개인 메시지가 도착했다.

"중국에서는 공식적으로 참여하기 어렵습니다. 하지만 마음만은 함께하겠습니다."

아이들의 얼굴에 나시 힘이 생겼다. 하지만 안나는 잠시 현실적인 고민을 꺼냈다.

"근데 우리 진짜 대회를 열려면 돈이 필요하지 않아? 장소도 빌려야 하고, 장비도 필요하고…"

"맞다, 크라우드펀딩!"

철희가 손뼉을 치며 외쳤다.

"그래, 좋은 생각이야. 전 세계 사람들에게 직접 도움을 요청하자!"

"그럼, 제목은 뭐로 하지?"

지원이 노트북을 열며 물었다.

"청소년이 만드는 세계 기본소득 회의. 돈보다 진실을."

재명이 제안했다.

"부제목은 이렇게 하면 어때? '어른들이 저버릴 때, 우리는 스스로 나선다.'"

마야가 덧붙였다. 1시간 만에 크라우드펀딩 페이지가 완성됐다.

> "청소년이 만드는 세계 기본소득 회의. 돈보다 진실을."
>
> · 목표 금액: 6,500만 원
>
> · 기간: 48시간
>
> · 설명: "어른들이 우리를 실망시켰기에 우리가 직접 나섭니다."

에이노가 라이브 방송에 링크를 올리자마자 기적 같은 일이 벌어졌다.

"와! 벌써 백만 원이 모였어!"

"오백만 원이야!"

"천만 원 돌파했어!"

숫자가 눈앞에서 뛰어오르듯 변했다. 더 감동적인 건 기부자들이 남긴 메시지였다.

― "나는 마흔다섯 살이지만 너희 세대를 믿는다." (100달러)

― "내 딸도 너희 또래다. 기본소득이 있는 세상에서 자라길 바란다." (1만 엔)

― "한국에서 교환학생으로 지낸 적 있다. 한국 청소년들 정말 자랑스럽다." (1000 레알)

― "핀란드의 할머니입니다. 너희가 내게 희망을 준다." (400 유로)

세상에는 아직 희망을 잃지 않은 어른들이 있었다. 여기에 언론들도 움직이기 시작했다. 먼저 독일의 〈슈피겔〉 기자가 연락을 해왔다.

― "인터뷰 가능할까요? 유럽 전체가 여러분의 움직임에 주목하고 있습니다."

이어 BBC 방송국에서도 메시지가 도착했다.

―"전 세계 청취자들을 위해 실시간 인터뷰를 하고 싶습니다."

지원은 휴대전화를 들여다보며 외쳤다.
"한국 언론들도 움직이기 시작했어!"
하지만 기사들의 제목은 제각각이었다.
"'청소년들의 순진한 이상주의'라면서 비꼬는 데도 있는데."
그 순간 철희가 단호히 말했다.
"그럼, 우리가 직접 기자회견을 하자! 이 알래스카 땅에서 전 세계에 생중계로 하는 거야!"

정열적인 밤샘 작업으로 모두가 지칠 무렵, 밖에서 환한 햇살과 함께 힘찬 목소리가 들려왔다.
"젊은 친구들!"
톰이었다. 그와 함께 마을 사람들이 여럿 들어왔다.
"마을 사람들이 소문을 들었어요."
"무슨 소문이요?"
재명이 놀라 묻자, 톰이 미소 지었다.
"여러분이 여기서 역사적인 일을 하고 있다는 소문이요."
집 안으로 들어온 이누이트 마을 사람들의 얼굴에는 오랜 세월이 빚은 지혜와 따뜻함이 어려 있었다.
"우리도 도와주고 싶습니다."

한 중년 여성이 나섰다.

"마을 커뮤니티 센터를 쓰세요. 돈은 필요 없어요."

"정말요?"

재명이 믿기지 않는 듯 물었다.

"네. 그리고 우리도 기본소득을 지지해요."

또 다른 남성이 진지한 눈빛으로 말했다.

"정부가 주는 건 진짜 기본소득이 아니에요. 조건이 붙은 시혜일 뿐이죠. 우리도 권리로서의 기본소득을 원합니다."

아나야 할머니가 고개를 끄덕이며 미소 지었다.

"봐요, 진실은 결국 사람들의 마음을 움직여요. 나이도, 국적도, 인종도 상관없어요."

그로부터 24시간 뒤, 기적 같은 결과가 눈앞에 펼쳐졌다.

크라우드펀딩 결과

- 목표 금액 6,500만 원
- 달성 금액 1억 6천만 원 이상
- 전 세계 기부자 수 3,247명

SNS 확산

- '지금 당장 세계 기본소득' 해시태그, 전 세계 실시간 트렌드 1위

- 관련 게시물 50만 개 이상, 총조회수 2천만 회 돌파

참가 신청

- 화상 참여 신청: 87개국, 1,200명
- 알래스카 현장 참여: 청소년 50명

언론 관심

- 인터뷰 요청 120곳, 생중계 제안 15곳

"우와!"

누구도 쉽게 말을 잇지 못했다.

"이게 진짜 우리가 해낸 거야?"

지원이 믿기지 않는 듯 중얼거렸다.

"맞아."

재명이 눈을 반짝이며 답했다.

"우리가 해냈어!"

에이노가 숨을 고르듯 말했다. 하지만 곧 얼굴에 긴장감이 번졌다.

"하지만 데이비드 스미스랑 후원사들도 가만있진 않을 거야."

"맞아. 이제 진짜 싸움이 시작될 거야."

철희가 굳은 표정으로 고개를 끄덕였다. 그 순간 할아버지 얼

굴이 떠올랐다.

'할아버지, 제가 해낸 일을 보고 계시죠? 이제는 저도 옳은 길을 가고 있다고 믿어주시리라 생각해요.'

그들의 마음엔 더 이상 흔들림이 없었다. 진실과 연대의 힘이 얼마나 강한지 이제는 직접 눈으로 확인했으니까.

"무서워도 괜찮아."

마야가 조용하면서도 단단한 목소리로 말했다.

"우린 혼자가 아니야. 전 세계 청소년들이 우리랑 함께하고 있어."

창밖에는 알래스카의 아침 해가 떠오르고 있었다. 금빛 햇살이 대지를 차례로 물들이며 마치 새로운 세상의 시작을 알리는 듯했다.

72시간의 데드라인까지는 시간이 얼마 남지 않았지만, 더는 그 숫자가 두렵지 않았다. 그들은 이미 자신들만의 대회를 열기로 했고 전 세계가 그것을 지켜보고 응원할 거라는 확신이 있었다. 진짜 싸움은 이제부터였다. 하지만 그들은 준비되어 있었다. 진실과 용기, 그리고 국경을 넘어 손을 맞잡은 전 세계 청소년들의 연대가 그들의 무기였다.

19
세계시민 기본소득 선언문

알래스카 원주민 커뮤니티 센터
10월 16일 오전 9시 (27시간 남음)

"와! 진짜 대단하다."

재명이 커뮤니티 센터 안을 둘러보며 감탄했다. 불과 하루 사이, 이곳은 완전히 다른 세상으로 바뀌어 있었다. 톰과 마을 사람들이 열심히 준비한 덕분이었다. 벽에는 대형 스크린 다섯 개가 걸려 있었고 화면마다 다른 대륙의 청소년들이 화상으로 연결되어 있었다. 아시아의 활기찬 얼굴들, 유럽의 진지한 눈빛들, 아프리카의 밝은 미소들, 남미의 뜨거운 표정들, 오세아니아의 따뜻한 인사까지. 지구가 하나의 교실이 된 듯했다.

"현재 접속자가 1,197명이야."

철희가 컴퓨터를 확인하며 보고했다.

"87개국에서 들어왔고, 실시간 시청자는 벌써 50만 명을 넘었어."

숫자를 확인하면서도 철희는 속으로 생각했다.

'할아버지가 보시면 뭐라고 하실까? 현실적인 문제부터 지적하시겠지. 그래도 이제는 아실 거야. 이런 연대의 힘은 인정하지 않을 수 없다는 걸.'

지원이 마이크를 잡고 테스트했다.

"정말 전 세계대회가 됐네."

그 순간 화면 곳곳에서 다양한 언어가 쏟아졌다.

— "**안녕하세요! 서울에서 왔습니다!**"
— "¡Hola! ¡Desde México! (멕시코에서 인사합니다!)"
— "Bonjour! De Paris! (파리에서 안녕하세요!)"
— "Jambo! Kutoka Nairobi! (나이로비에서 안녕하세요!)"

아이들은 서로 다른 언어로 같은 마음을 전하고 있었다. 이어서 아나야 할머니가 천천히 마이크 앞으로 나섰다. 그녀의 걸음걸음에는 수천 년의 지혜가 묻어 있었다.

"젊은 친구들, 그리고 전 세계에서 지켜보고 있는 모든 분."

그 목소리는 따뜻하면서도 위엄이 있었다.

"저는 이 땅의 원주민 아나야입니다. 우리 조상들은 수천 년 동안 모든 것을 함께 나누며 살아왔습니다. 사냥한 짐승도, 숲의

열매도, 강물의 흐름도. 그건 누구의 것이 아니라 모두의 것이었지요. 여러분이 말하는 기본소득은 새로운 게 아닙니다. 그 고대의 지혜를 지금, 이 시대에 다시 불러내고 있는 겁니다."

할머니의 눈길이 재명에게 머물렀다.

"이제 용감한 젊은이들에게 맡기겠습니다."

재명이 떨리는 손으로 마이크를 잡았다. 전 세계 50만 명이 지켜보고 있다는 사실에 목이 메었지만, 그는 한 걸음 앞으로 나섰다.

"안녕하세요. 저는 한국에서 온 이재명입니다."

순간 화면 속 청소년들이 일제히 손을 흔들었다. 그 순간 거리의 장벽이 무너지는 것을 느꼈다.

"우리는 어른들의 음모로 흩어질 뻔했지만, 오늘 이 자리에서 다시 하나가 됐습니다. 이제 우리 세대의 목소리로, 진짜 기본소득 선언문을 만들겠습니다."

여기저기서 박수가 터져 나왔다. 뒤쪽에서는 에이노가 기술 지원을 맡아 분주히 움직였다. 그의 눈빛에는 속죄와 희망이 동시에 깃들어 있었다. 먼저 마야가 인도 대표로 발언을 시작했다.

"저희 마을에서는 기본소득이 특히 여성들에게 큰 변화를 불러왔어요. 제 엄마는 평생 농사일만 하셨는데 기본소득을 받으면서 처음으로 직물 가게를 열 수 있었어요. 자기 일을 갖게 된 거죠."

마야의 목소리에는 자부심이 묻어났지만, 곧 솔직한 고민도 이어졌다.

"그런데 문제도 있었어요. 남성 중에는 여자들이 너무 독립적으로 됐다며 불만을 터뜨리는 경우가 있었거든요. 기본소득이 가족의 전통적인 틀을 흔든다고요."

이 고백에 다른 나라 청소년들도 하나둘 목소리를 보탰다. 독일의 루카스가 말했다.

"독일에서는 기본소득 얘기가 주로 '일자리의 미래'에 집중돼 있어요. 자동화 때문에 많은 일자리가 사라질 거라는데, 기본소득이 그 대안이 될 수 있다는 거죠. 하지만 어른들은 걱정해요. '독일인의 근면 정신'이 무너질까 봐요."

브라질의 카를로스도 이어받았다.

"우리나라는 이미 법적으로 기본소득이 보장돼 있어요. 그런데 정치인들이 실행을 안 해요. 늘 예산이 부족하다, 다른 게 우선이라는 말만 반복하죠."

케냐에서 화상으로 참여한 아말라는 밝은 목소리로 말했다.

"아프리카에서는 기본소득 실험을 많이 했어요. 특히 케냐의 '직접 지원 프로젝트'는 큰 성공이있죠. 하지만 문제는 지속성이에요. 외국 단체의 후원에 기대다 보니 언제 끊길지 몰라요. 늘 불안하죠."

마지막으로 캐나다의 에밀리가 입을 열었다.

"코로나 때 캐나다도 일종의 기본소득을 경험했어요. '긴급 대응 지원금'이라고 해서 많은 사람이 도움을 받았어요. 근데 코로나가 끝나자마자 바로 중단됐어요. 현재 사람들은 기본소득을 '비상시에만 필요한 제도' 정도로 생각하고 있는 점이 아쉬워요."

아이들의 목소리가 이어질수록 스크린 속 청소년들의 표정도 진지해졌다. 단순한 이상이 아니라, 각자의 현실에서 비롯된 진짜 고민이 공유되고 있었다.

알래스카 원주민 커뮤니티 센터
10월 16일 오전 11시 (25시간 남음)

두 시간 동안의 발표가 끝나자, 본격적인 토론이 시작됐다. 그런데 각 나라의 다양한 경험이 쏟아지면서 오히려 상황이 더 복잡해졌다.

"이제 선언문을 작성해 봅시다."

안나가 조심스럽게 제안했다.

"먼저 기본소득을 어떻게 정의할까요?"

일본의 타카시가 먼저 입을 열었다.

"'모든 개인에게 조건 없이 지급되는 현금'이라고 하는 게 맞지 않을까요?"

그러자 이집트의 파티마가 고개를 저었다.

"너무 추상적이에요. 금액이나 방법이 없으면 그냥 말뿐인 선언이잖아요."

"하지만 나라마다 상황이 다 다른데 어떻게 똑같은 금액을 정해요?"

프랑스의 클로에가 반박했다.

첫 번째 갈등이었다. 화면 너머에서도 긴장감이 전해졌다. 재명이 서둘러 중재했다.

"잠깐 우리 논의가 지금 너무 세부적인 데 빠진 것 같아요. 선언문은 정책 문서가 아니라 우리가 왜 기본소득이 필요하다고 생각하는지 그 이유를 담는 게 더 중요하지 않을까요?"

지원도 고개를 끄덕였다.

"맞아. '왜'가 먼저야. 그래야 진짜 힘이 생겨."

그때 철희가 조심스레 손을 들었다.

"저 하나 제안해도 될까요?"

모두의 시선이 철희에게 향했다.

"우리는 자꾸 나라별 기본소득만 얘기하고 있는데 '세계시민 기본소득'은 어떨까요?"

"세계시민 기본소득?"

여러 사람이 동시에 물었다. 철희는 한 박자 숨을 고르고 힘주어 말했다.

"물, 공기, 자원은 어느 나라만의 것이 아니잖아. 인류 모두의 것이지. 그런데 운 좋게 태어난 나라에 따라 부자가 되거나, 가난해지는 건 불공평해요."

"맞아요. 제가 인도에 태어난 건 제 선택이 아니잖아요."

마야가 진지한 목소리로 말했다. 그러자 안나가 철학 수업에서 들은 이야기라며 말을 꺼냈다.

"만약 우리가 모두 눈을 가리고, 태어날 나라를 정하는 구슬을 뽑는다면 어떨까요? 누구라도 공평한 세상을 원할 거예요."

"그렇지. 운 때문에 생기는 차이는 줄여야 해요."

카를로스가 동의했다. 하지만 지원이 균형을 잡았다.

"그렇다고 완벽한 평등을 말하는 건 아니겠지요? 노력의 차이나 지역의 차이도 무시할 수 없으니까요. 다 똑같이 맞추는 건 현실적이지 않아요."

재명이 흥미롭게 물었다.

"그럼, 구체적으로는 어떻게 하자는 거죠?"

철희가 기다렸다는 듯 설명했다.

"각 나라가 자기 나라 GDP의 10%를 '세계시민 기본소득 기금'에 내고, 그걸 전 세계 인구수로 나눈 뒤 다시 나누자는 제안입니다."

"와!"

여러 명이 동시에 눈을 크게 떴다.

"그렇게 되면 잘사는 나라는 더 많이 내고 조금 가져가고, 못사는 나라는 조금 내고 더 많이 받네요. 그러면 불평등이 줄어들겠지요?"

루카스가 감탄하듯 중얼거렸다.

"정말 흥미로운 생각이네요."

"그리고 각 나라 안에서도 똑같이 개인 소득의 10%를 기본소득 기금으로 내고, 그 나라 인구에 따라 나누면 되겠네요."

마야가 차분히 정리했다.

"그럼, 결국 3층 구조가 되는 거군요."

안나가 체계적으로 설명했다.

"1층은 세계시민이기 때문에 공통으로 받는 기본소득. 2층은 각 나라 상황에 따라 받는 기본소득, 그리고 마지막 3층은 각 지역 형편에 따라 받는 기본소득. 그리고 개개인의 특성에 맞는 복지제도까지 더해지는 것이지요."

스페인의 카르멘이 화면을 향해 엄지를 내밀어 보였다.

"완벽합니다! 모든 시민이 존엄을 인정받고 실질적인 자유를 누리면서도 개개인의 차이는 존중되어 역동적인 시상경제의 상점까지 살릴 수 있어요."

세 시간에 걸친 치열한 토론 끝에 청소년들은 놀라운 합의에 도달했다.

"기본소득은 단순한 정책이 아닙니다. 철학입니다."

스위스의 안나가 정리했다.

"인간이 존재하는 그 자체로 존엄하다는 철학이지요."

"그리고 지구의 풍요로움은 모든 사람이 나눠 가질 권리가 있다는 철학입니다."

인도의 마야가 덧붙였다.

"물론 나라마다 실현 방법은 다를 수 있습니다."

중국의 리웨이가 조심스럽게 말했다.

"하지만 모든 인간이 기본적인 생활을 보장받을 권리는 같다고 생각합니다."

노르웨이의 잉그리드가 힘주어 말했다.

"그리고 그 권리를 위해 싸울 의무가 우리 청소년들에게도 있다고 믿습니다."

선언문 작성 과정에서 뜻밖의 아름다운 순간이 찾아왔다. 각국 청소년들이 저마다의 언어로 '기본소득'이 담고 있는 핵심 가치를 표현하기 시작한 것이다.

"한국에서는 '인간다운 삶'이라고 합니다."

재명이 말했다.

"단순히 살아남는 게 아니라, 존엄하게 사는 것을 뜻하지요."

"스페인에서는 'Vida digna(품위 있는 삶)'이라고 해요."

스페인의 카르멘이 말했다.

"일본에서는 '人間らしい生活(사람답게 사는 삶)'이라고 해요."

타카시가 덧붙였다.

"아랍어로는 'حياة كريمة(존엄한 삶)'예요."

이집트의 파티마가 말했다.

"프랑스어로는 'Vie digne(당당하게 살아가는 삶)'이고요."

클로에가 웃으며 말했다. 놀랍게도 언어는 달랐지만, 모두가 말하는 의미는 같았다. 인간다운 삶, 존엄한 삶. 그것은 국경을 넘어선 보편적인 가치였다.

"우리가 추구하는 가치는 언어조차 넘어서는 보편적인 것이군요."

철희가 감탄하며 말했다.

"마치 할머니께서 말씀하신 것처럼 인류가 고대부터 이어온 지혜 같습니다."

오후 5시. 드디어 최종 선언문이 완성되었다. 87개국 청소년들이 8시간 동안 쌓아 올린 열정과 고민의 결정체였다. 재명이 마이크 앞에 섰다. 전 세계 50만 명이 지켜보고 있다는 사실에 가슴이 두근거렸지만, 그의 목소리는 확신으로 차 있었다.

"지금부터 세계 청소년 기본소득 선언문을 낭독하겠습니다."

세계 청소년 기본소득 선언문

우리는 알래스카 땅에서 만난 87개국의 청소년들이다. 우리는 서로 다른 언어를 사용하고, 서로 다른 문화에서 자랐지만, 같은 꿈을 꾸는 지구시민이다. 우리는 부모님들이 일자리를 잃을까 봐 두려워하는 것을 봤다. 우리는 친구들이 등록금 때문에 꿈을 포기하는 것을 봤다. 우리는 노인들이 의료비 때문에 고통받는 것을 봤다. 우리는 아이들이 가난 때문에 학교에 가지 못하는 것을 봤다. 이 모든 고통이 '자원의 부족' 때문이 아니라 '분배의 불공정' 때문이라는 것을 우리는 안다.

모든 인간은 태어나는 순간부터 존엄하다. 지구의 풍요로움은 모든 생명체가 함께 누릴 권리가 있다. 기본적인 생활을 위해 누구도 굴복하거나 굴종할 필요가 없다. 진정한 자유는 생존의 불안에서 벗어날 때 시작된다. 인간다운 삶은 특권이 아니라 권리이다. 출생지는 운에 의해 결정되지만, 그 운이 인생을 좌우해서는 안 된다.

우리는 단순한 기본소득을 넘어 '세계시민 기본소득'을 제안한다.

1층: 세계시민 기본소득

각국 GDP의 10%를 세계 기본소득 기금으로 조성한 후 전 세계 인구로 균등 분배하여 각국에 재배분한다. 결국 잘사는 나라는 더 많이 이바지하고, 가난한 나라는 더 많이 받는 구조이다.

2층: 국가 기본소득

각 개인 소득의 10%를 국가 기본소득 기금으로 조성한 후 해당 국가 인구로 균등 분배한다.

3층: 지역 기본소득

지역 상황에 맞는 추가적 기본소득을 실시한다.

4층: 개별 복지

개인의 특별한 필요에 따른 맞춤형 지원을 시행한다.

기본소득은 사회 구성원 모두에게 보편적으로, 조건 없이, 개별적으로, 현금으로, 정기적으로 지급되어야 한다. 하지만 무엇보다 중요한 것은, 기본소득이 '시혜'가 아니라 '권리'로 인정되는 것이다.

우리는 기본소득을 복지 축소의 도구로 사용하려는 시도를 거부한다. 우리는 기본소득을 통제의 수단으로 사용하려는 시도를 거부한다. 우리는 청소년을 '미숙하다'라는 이유로 배제하려는 시도를 거부한다. 우리는 국경이 인간의 존엄성을 가르는 장벽이 되는 것을 거부한다.

우리는 포기하지 않는다. 어른들이 우리를 막으려 해도, 정부가 우리를 탄압하려 해도, 언론이 우리를 왜곡하려 해도. 왜냐하면 진실은 시간이 걸려도 결국 승리하기 때문이다. 왜냐하면 우리는 혼자가 아니기 때문이다. 왜냐하면 이것은 우리의 미래이기 때문이다.

우리는 각자의 나라에서 기본소득 운동을 계속할 것이다. 우리는 서로를 지지하고 연대할 것이다. 우리는 다음 세대에게 더 나은 세상을 물려줄 것이다. 우리는 국적을 떠나 같은 꿈을 꾸는 동지이다. 우리는 인간다운 세상을 만들 것이다. 우리는 포기하지 않는다.

10월 16일 알래스카, 그리고 전 세계에서

87개국 1,247명의 청소년들

선언문이 끝나자 잠시 정적이 흘렀다. 그 정적은 감동의 정적이었고, 경외의 정적이었다. 곧 화면 속에서 청소년들의 눈물이 비쳤다. 동시에 박수가 여기저기서 터져 나왔다.

―"Bravo!(훌륭해!)"
―"Amazing!(놀라워!)"
―"素晴らしい!(정말 멋지다!)"
―"Incredible!(믿을 수 없어!)"
―"¡Fantástico!(환상적이야!)"
―"Incroyable!″ (정말 대단해!)"

여러 언어로 된 찬사가 디지털 공간을 가득 채웠다.
"이게 우리가 만든 거야?"
지원이 믿기지 않는다는 얼굴로 물었다.
"맞아. 우리가 함께 만든 거야!"
눈시울이 붉어진 재명이 대답했다.
그 순간 화면 속에서 각국의 청소년들이 하나둘씩 일어서기 시작했다. 그리고 동시에 외쳤다.

―"우리는 포기하지 않는다!"
―"We will never give up!"

— "Nous n'abandonnerons jamais!"

— "Wir werden niemals aufgeben!"

— "¡No nos rendiremos nunca!"

— "我们永远不会放弃!"

— "私たちは決して諦めない!"

— "Мы никогда не сдадимся!"

— "لن نستسلم أبداً!"

87개국, 1,247명의 목소리가 서로 다른 언어로 울려 퍼졌다. 그러나 그 울림은 하나였다.

언어는 달라도 꿈은 같았다. 국경은 많아도 우정은 하나였다. 어른들이 분열시키려 해도 그들은 이미 하나로 연결되어 있었다.

알래스카 원주민 커뮤니티 센터
10월 16일 오후 6시 (18시간 남음)

72시간이라는 마지막 시간까지 이제 18시간이 남아 있었다. 하지만 아무도 초조해하지 않았다. 데드라인은 더 이상 두려움이 아니었다. 이미 그들은 자신들만의 대회를 성공적으로 끝냈으니까. 그리고 전 세계에 새로운 희망의 씨앗을 뿌려두었으니까.

"여러분."

재명이 마지막 인사를 했다. 목소리는 살짝 떨렸지만, 눈빛은 한없이 단단했다.

"이건 끝이 아니에요. 시작이에요. 우리는 각자의 나라로 돌아가겠지만, 연대는 계속될 거예요. 그리고 언젠가 진짜 세계시민 기본소득이 실현되는 날에 다시 만날 겁니다."

하나둘씩 화면이 꺼져갔다. 하지만 누구도 눈물을 흘리지 않았다. 오히려 모두의 가슴은 벅찼다. 시작이라는 걸 모두가 알고 있었으니까. 커뮤니티 센터에는 이제 여덟 명만 남았다. 한국의 재명, 지원, 철희. 인도의 마야. 브라질의 카를로스. 스위스의 안나. 핀란드의 에이노.

"우리가 진짜 해냈네."

철희가 숨을 고르며 말했다. 가슴이 벅차오르는 게 얼굴에 다 드러났다.

"처음엔 불가능할 것 같았는데…"

"이번 일이 가능했던 이유는 우리가 혼자가 아니었기 때문이야."

재명이 진구들을 바라보며 미소 지었다.

"그리고 진실이 있었기 때문이지."

마야가 조용히 덧붙였다. 창밖으로 알래스카의 석양이 보였다. 주황빛 하늘이 눈 덮인 대지를 물들이며 새로운 세상의 서막을 알리고 있었다. 그 하늘 아래에서 여덟 명의 청소년은 꿈을 이루어냈다. 어른들의 음모도, 정부의 압력도, 언론의 왜곡도 막지 못했던 꿈을. 진실과 연대의 힘으로 쟁취한 꿈을.

아나야 할머니가 조용히 다가와 말했다.

"젊은 친구들, 여러분이 오늘 한 일은 역사에 남을 거예요."

"할머니 덕분이에요. 정말 감사해요!"

재명이 두 손을 꼭 모으며 감사 인사를 전했다.

"우리 조상들이 수천 년 동안 꿈꿔온 세상을, 여러분이 현실로 만들기 시작했어요."

할머니의 눈가에 눈물이 맺혔다.

"지구 전체가 하나의 부족이 되는 그날을 위해서."

그때 톰이 숨을 헉헉대며 들어왔다.

"친구들! 마을 사람들이 작은 축하 파티를 준비했어요."

"정말요?"

철희가 눈을 크게 떴다.

"네. 여러분이 이룬 일을 우리 마을 모두가 자랑스러워하고 있어요."

밖에서는 이미 모닥불이 활활 타오르고 있었다. 전통 악기 소리가 바람을 타고 흘러들었다.

"얘들아, 함께 가자!"

에이노가 말했다. 이제 목소리에는 죄책감 대신 희망이 담겨 있었다.

"우리 함께 축하하자."

그들은 서로 손을 맞잡고 밖으로 나갔다. 알래스카의 밤하늘은 별빛으로 가득 차 있었고 저 멀리 오로라가 춤추기 시작했다. 녹색과 보랏빛이 하늘을 가르며 넘실거렸다.

"오로라!"

안나가 숨을 죽이며 바라봤다.

"오로라 프로젝트는 우릴 무너뜨리려 했는데, 진짜 오로라는 우리를 축복해 주고 있네요."

카를로스가 모닥불 앞에서 미소 지으며 말했다. 아이들은 모닥불 둘레에 둘러앉았다. 마을 사람들과 함께 전통 음악에 귀를 기울이며. 불꽃이 튀는 소리와 북소리가 가슴을 두드렸다.

"이제 진짜 시작이야."

지원이 불꽃을 바라보며 속삭였다.

"각자의 나라로 돌아가서 계속 싸워야 해."

"하지만 이제 우린 혼자가 아니야."

마야가 미소 지었다.

"전 세계에 1,247명의 동시가 있어."

"그리고 세계시민 기본소득이라는 구체적인 비전이 있지."

재명이 확신에 찬 목소리로 말했다.

"언젠가는 정말 실현될 거야. 우리가 살아있는 동안에."

✳   ✳   ✳

철희가 별을 바라보며 힘주어 말했다. 그 순간 오로라는 더욱 화려하게 춤췄다. 마치 그들의 다짐을 하늘이 축복하는 듯이. 72시간의 여정은 그렇게 끝났다. 하지만 진짜 여행은 이제부터 시작이었다. 세계 곳곳에서, 87개국에서, 1,247명의 청소년이 각자의 자리에서 같은 꿈을 키워갈 것이다. 그리고 어른들이 포기한 세상을 청소년들이 바꿔나갈 것이다. 세계시민 기본소득이 현실이 되는 그날까지 그들의 싸움은 계속될 것이다. 그리고 이제 그들은 확신했다. 불가능은 없다는 것을. 진실과 연대가 있다면 기적은 반드시 일어난다는 것을. 알래스카의 밤하늘에 오로라가 춤추는 한 희망은 절대 꺼지지 않으리라는 것을.

재명이,
알래스카를
가다

에필로그

✧

앵커리지 공항

10월 17일 정오 12시 (그날의 진실, 1년 전)

세계시민 기본소득 선언문 발표가 끝난 뒤, 각국 청소년들은 귀국을 위해 공항으로 향했다.

"정말 꿈같은 날들이었어."

지원이 출국 대기실 의자에 앉아 감회에 젖었다.

"맞아. 하지만 이제부터가 진짜 시작이지."

재명이 탑승권을 확인하며 대답했다. 바로 그때였다.

"이재명, 안지원, 박철희!"

굳은 얼굴의 공항 보안요원들이 다가왔다.

"여러분을 테러 혐의로 긴급 체포합니다."

"네? 뭐라고요?"

철희가 눈을 크게 뜨며 소리쳤다.

"우리가 무슨 테러를 했다는 거예요?"

하지만 대답할 틈도 없이 특수부대원들이 몰려들었다. 차가운 바닥에 엎드려 눌린 순간 재명은 혼란스러웠다.

'우리가 한 일은 고작해야 토론과 선언문 발표인데. 이게 왜 테러야?'

기자들이 몰려들어 카메라 플래시가 쉴 새 없이 터졌다. 뉴스 속보 자막이 순식간에 전 세계로 퍼졌다.

―국제 테러 조직과 연계된 한국 청소년들, 현장에서 체포!

그로부터 30분 후, 극적인 반전이 일어났다.

"멈추세요! 체포를 중단하세요!"

헐떡이며 달려온 이는 에이노였다. 그의 손에는 노트북과 두꺼운 서류철이 들려 있었다.

"저는 이들과 함께 활동한 에이노입니다. 그리고 이 모든 게 조작이라는 증거를 갖고 있습니다!"

그는 떨리는 손으로 프로젝트 오로라의 문서를 열어 보였다.

"이것이 바로 기본소득 운동을 파괴하려는 음모의 증거예요!"

그러니 이미 체포는 진행된 뒤였다. 결국 세 친구는 알래스카 연방 구치소로 끌려갔고, 48시간 동안 좁은 독방에 갇혀야 했다. 그 시간 동안 바깥세상은 거대한 파도처럼 움직이고 있었다. 'FreeAlaskaThree'란 해시태그가 전 세계로 번졌다. 87개국 청소년들이 동시에 항의 시위를 벌였고, 유엔 사무총장은 "청소년들의 평화적 정치 참여를 보장하라"고 직접 성명을 발표했다. 한국 정부 역시 "자국민 보호"를 이유로 강력한 외교적 압박을 가했다.

무엇보다 결정적인 것은 에이노의 폭로였다. 오로라 프로젝트의 모든 문서가 공개되면서 진실이 세상에 드러났다. 48시간 뒤, 세 친구는 무혐의로 석방되었다. 하지만 충격은 거기서 끝나지 않았다. FBI와 국제 수사기관들이 합동 조사를 벌인 결과, 데이비드 스미스는 단순한 재단 이사장이 아니었다. 그는 'Circle of Influence'라 불리는 전 세계 상위 0.1% 자본가들의 비밀 네트워크의 일원이었다.

이들은 경제적 이익을 위해 정치와 언론을 조종해 왔다. 기본소득에 대해서도, 기존 복지를 줄이고 자신들의 통제에서 관리할 수 있다면 지지했지만, 청소년들이 주도하는 세계적 연대는 너무 위험하다고 판단했다. 결국 데이비드 스미스가 모든 책임을 지고 구속되었지만, 정작 배후 세력은 교묘하게 정체를 감춘 채 살아남았다.

재명이,
알래스카를
가다

작가의 말

◆

 재명이는 누구일까요? 이 책의 주인공 중 한 명인 이재명은 경기도에 사는 고등학교 1학년입니다. 제21대 대한민국 대통령과 이름이 같지만, 전혀 다른 인물입니다. 2020년에 펴낸 『재명아, 기본소득이 뭐야?』에서 그는 초등학생이었습니다. 그때 재명이는 천문학자를 꿈꾸며 언젠가 알래스카의 오로라를 꼭 보고 싶어 했습니다. 그러던 어느 날, 알래스카에서 세계어린이기본소득대회가 열린다는 소식을 듣습니다.

 '한국 대표로 뽑히면 오로라를 볼 수 있을지도 몰라.'

 그 단순하고 순수한 바람이 세상을 향한 첫걸음이 되었습니다. 그렇게 그는 친구들과 함께 기본소득 캠페인에 참여했고, 작은 변화의 불씨를 지폈습니다.

 사실 저는 그때부터 곧바로 후속 이야기를 쓰려 했습니다. 하지만 시간이 흐르며 한국의 기본소득 운동은 큰 시련을 겪었습니다. 정치적 환경이 바뀌고, 사회의 관심이 한동안 식기도 했지요. 그럼에도 세상은 멈추지 않았습니다. 로봇과 인공지능이 빠르게 일자리를 대체하고, 부는 커졌지만 불평등은 더욱 심화되었습니다. 사람들은 묻기 시작했습니다.

"왜 이렇게 열심히 일해도, 행복은 멀기만 할까?"

그 질문 끝에서 우리는 '공유부'라는 개념에 닿습니다. 땅, 바람, 햇빛, 강물처럼 애초부터 모두의 것이었던 자연공유부, 언어, 제도, 문화, 기술처럼 인류가 함께 만들어온 인공공유부 말입니다. 우리는 그 덕분에 살아갑니다. 그렇다면 그 혜택 또한 모두가 함께 누려야 하지 않을까요? 그것이 바로 기본소득의 정당성입니다.

이 책에서 전하고자 한 것은 단순히 '돈을 나누자'는 이야기가 아닙니다. 세상을 더 공정하고 따뜻하게 만들자는 제안입니다. 기본소득은 게으름의 다른 이름이 아니라, 모든 사람이 최소한의 존엄을 지키며 자신의 가능성을 펼칠 수 있게 하는 새로운 출발선입니다.

그리고 그런 세상을 상상하고 만들어갈 주인공이 바로 여러분, 어린이와 청소년입니다. 기본소득이 있는 사회는 여러분이 살아갈 미래의 무대이자, 스스로의 힘으로 완성해야 할 여러분의 세상입니다. 이 책 속 아이들처럼, 세계 곳곳의 친구들과 손잡고 함께 더 나은 세상을 만들어가길 바랍니다.

하늘은 국경을 모릅니다. 바람이 누구의 것인지 묻지 않듯, 우리의 삶도 결국 연결되어 있습니다. 그래서 저는 '세계시민 기본소득'을 이야기합니다. 한 나라의 부를 넘어, 인류가 함께 누려야 할 권리 말입니다. 물론 모두 똑같이 나누자는 뜻은 아닙니다. 각 사의 노력과 시역의 차이를 존중하며, 그 위에 인류 공동의 몫을 더하는 세상― 그것이 제가 꿈꾸는 세계입니다.

  이 책이 세상에 나올 수 있도록 많은 분이 도와주셨습니다. 추천해주신 대전문화재단, 선정해주시고 지원해주신 한국문화예술위원회 문학지원팀, 그리고 모든 과정을 함께해주신 세종마루 출판사에 깊이 감사드립니다. 무엇보다 제 곁에서 의견을 주고, 응원과 격려로 함께해주신 많은 분들께 진심으로 감사드립니다. 이 책은 저 한 사람의 책이 아닙니다. 함께 나눈 생각, 함께 지켜본 세상, 그리고 우리가 함께 믿는 '공유부'의 힘으로 탄생한 책입니다. 다음에는 '기본소득'이라는 말을 직접 꺼내지 않아도 그 정신이 자연스레 느껴지는 이야기를 들려드리고 싶습니다. 그날까지, 우리 모두의 빛을 찾아 함께 걸어가길 바랍니다.

2025년 가을
이선배

재명이,
알래스카를
가다

재명이, 알래스카를 가다
ⓒ 이선배 2025

초판 1쇄 발행일	2025년 11월 30일
지은이	이선배
펴낸이	이문용
편집	복일경, 조주호
디자인	페이퍼컷 장상호
펴낸곳	도서출판 세종마루
등록	제2023-000012호
주소	세종시 마음로 322, 2201-602
전화	0507-1432-6687
E-mail	sjmarubook@gmail.com

ISBN 979-11-993183-7-3 43810

※이 책의 판권은 지은이와 세종마루에 있습니다.
※잘못된 책은 교환해 드립니다.

이 책은 한국문화예술위원회 지역예술도약지원사업의
지원을 받아 제작되었습니다.